6年《ねん》1組《くみ》

黒《くろ》魔《ま》女《じょ》さんが通《とお》る!!

02 家庭訪問《かていほうもん》で大《だい》ピンチ!?

石崎洋司《いしざきひろし》／作《さく》　藤田《ふじた》 香《かおり》／絵《え》

講談社 青い鳥文庫

☆このお話《はなし》にでてくる人《ひと》たち

チヨコ（黒鳥千代子《くろとりちよこ》）
黒魔女修行中《くろまじょしゅぎょうちゅう》の小学《しょうがく》６年生《ねんせい》。
現在《げんざい》、３級黒魔女《きゅうくろまじょ》さん。

黒鳥千代子《くろとりちよこ》です！
毎朝早《まいあさはや》くからこんなハデなゴスロリを着《き》て黒魔女修行中《くろまじょしゅぎょうちゅう》です。
（この服《ふく》を着《き》ていないと魔力《まりょく》が使《つか》えないのでしかたなく……。）
早《はや》く一人前《いちにんまえ》の黒魔女《くろまじょ》になって、ふつうの女《おんな》の子《こ》にもどりたいです。

この人《ひと》が、あたしのインストラクター黒魔女《くろまじょ》の**ギュービッド**さま。「親身《しんみ》の指導《しどう》で、わかるまでおしえる」のがモットーで、自称《じしょう》「魔界一美《まかいいちうつく》しくておちゃめな黒魔女《くろまじょ》」。

この本《ほん》で活躍《かつやく》(!?)する６年《ねん》１組《くみ》の人《ひと》たちのなかからふたり紹介《しょうかい》します。

霊能者《れいのうしゃ》の**東海寺《とうかいじ》**くんと、魔力封印《まりょくふういん》のぬいぐるみをつけている**大形《おおがた》**くん。
東海寺《とうかいじ》くんはあたしのことをいつも「黒《くろ》い霊力《れいりょく》をもったおれのパートナー」あつかいするし、**大形《おおがた》**くんも、魔界《まかい》の征服《せいふく》のためにあたしのことを利用《りよう》しようとしたりするけど、今回《こんかい》はなんだかいつもとすこしちがう感《かん》じ!?

大形《おおがた》くん

東海寺《とうかいじ》くん

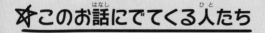

もくじ

第《だい》一話《わ》　家庭訪問《かていほうもん》ですよ、黒魔女《くろまじょ》さん

黒魔女《くろまじょ》めあて

魔法《まほう》の持《も》ちぐされ

1　連絡《れんらく》プリントは、ちゃんと出《だ》し魔性《ましょう》～

「サタンよ、ベルゼブルよ、われ懇願《こんがん》す。」

四月《がつ》十七日《にち》、日曜日《にちようび》の朝《あさ》です。

「この者《もの》に、かなしみとためいきと黒《くろ》い弾丸《だんがん》をあたえ……。」

呪文《じゅもん》を唱《とな》えています。

「……黒《くろ》ネコに変身《へんしん》させよ。」

「フギャア！」

あ、ネコのなき声《ごえ》がした！

ってことは、まさか、『相手《あいて》を黒《くろ》ネコに変身《へんしん》させる黒魔法《くろまほう》』、ついに成功《せいこう》？

いちおう、きのうもできたんだけどね。でも、それは、たまたま手《て》にしていた魔界《まかい》グッズの力《ちから》のおかげ。しかも、麻倉《あさくら》くんと東海寺《とうかいじ》くん、さらには黒魔女学力《くろまじょがくりょく》テストの試験官《しけんかん》さんまで、いっぺんに黒《くろ》ネコさんにして、大騒動《おおそうどう》をひき起《お》こしてしまい……。

でも、こんどはちがうみたい。なき声《ごえ》だって、麻倉《あさくら》くんたちとはちがってすごい迫力《はくりょく》だもの。どうやら、こんどこそ、自分《じぶん》の力《ちから》でぬいぐるみを黒《くろ》ネコさんに……。

「ちがう！　それは黒《くろ》ネコじゃなくて、『プロヴァンスのマタゴット』よ！」

へ？

「そんなことないねぇ。だって、毛《け》はちゃんと黒《くろ》いねぇ。」

「そうだねぇ。黒《くろ》い毛《け》のネコを黒《くろ》ネコっていうんだねぇ。」

「でも、体《からだ》が青白《あおじろ》く光《ひか》ってるでしょ。目《め》も燃《も》えるように赤《あか》いし。これは『プロヴァンスのマタゴット』。使《つか》い魔《ま》にすらできない、危険《きけん》なネコなのよ！」

なんか、へん……。どうして、大形《おおがた》くんと桃花《とうか》ちゃんの声《こえ》がするの？

そりゃあ、おとなりは大形《おおがた》くんのお家《うち》だし、大形《おおがた》くんのお部屋《へや》も、窓《まど》のすぐむこうだから、声《こえ》が聞《き》こえてもおかしくはないけどね。

でも、『相手《あいて》を黒《くろ》ネコに変身《へんしん》させる黒魔法《くろまほう》』の練習《れんしゅう》はあたしがしていたはずで……。

「とにかく、このネコ、無効化黒魔法《むこうかくろまほう》で消《け》させてもらいます！」

うっそ！　やっと成功《せいこう》した黒魔法《くろまほう》なんだよ。だから、どうか消《け》さないで……。

「ルキウゲ・ルキウゲ・アヌラーレ！」

ああっ！

「ああっ、だねぇ。」

あたしと大形《おおがた》くんの声《こえ》が重《かさ》なりあったところで、目《め》がさめた……。

目《め》がさめたぁ？　それって、つまり、あたし、いままで寝《ね》てたってこと？

あわてて、顔《かお》を横《よこ》にむけると、つくえの上《うえ》の時計《とけい》は六時半《じはん》をさしてる。

そして、カーテンのむこうは、ぴっかぴかの日光《にっこう》で明《あか》るくなっていて……。

や、やばい！　寝《ね》すごした！　それも盛大《せいだい》に一時間半《じかんはん》も！

「ぐがごーす……。ぐがごーす……。」

……足《あし》もとから、へんな音《おと》が聞《き》こえる。いったい……。

がばっと体《からだ》を起《お》こすと、なんと、ベッドの下《した》に巨大《きょだい》な黒《くろ》いかたまりが！

く、黒《くろ》ネコ？　でも、ネコにしちゃ、やけに大《おお》きいよ。それに、体《からだ》がつやつや光《ひか》ってるし。それじゃ、これが危険《きけん》な『プロヴァンスのマタゴット』？

「……ふわぁ。エクソノームさま、とってもイケメンですぅ。……ぐがごーす。」

え？　ま、まさか……。

のぞきこむと、つやつやしていたのは、黒《くろ》革《かわ》コートと判明《はんめい》。で、黒革《くろかわ》フードのすきまからは、まっしろな顔《かお》がのぞいてる。あんぐりとあけた口《くち》のはしっこから、よだれがたらり。うす目《め》のあいだからは黄色《きいろ》いひとみ……。

「ギュ、ギュービッドさま……。」

寝《ね》てるとこ、はじめてみた……。とうぜん、いびきも寝言《ねごと》も聞《き》くのは、はじめて……。

しっかし、すごい姿勢《しせい》だね。かかえた両《りょう》ひざのあいだに頭《あたま》をつっこんで、水泳《すいえい》の「だるまうき」みたい。黒魔女《くろまじょ》さんとしては二段《だん》で

も、寝姿《ねすがた》は水泳《すいえい》十級《きゅう》？

そんなことより、これ、どういうこと？

去年《きょねん》、ギューピッドに取《と》りつかれてからというもの、毎朝《まいあさ》五時起《じお》き。朝寝坊《あさねぼう》なんかしようものなら、「おうら、おうら。」って、ベッドごとゆさぶられて、オカルトチックにたたき起《お》こされるのに、そのギューピッドまでが、高《たか》いびきって……。

そうだ！　思《おも》いだした！　今日《きょう》は、黒魔女修行《くろまじょしゅぎょう》、お休《やす》みだったんだっけ！

あたし、きのう、黒魔女学力《くろまじょがくりょく》テストに合格《ごうかく》したんだよ。そうしたら、ギューピッドが、

『修行《しゅぎょう》をはじめてまる一年《ねん》だし、一日《にち》だけ、休《やす》みをやるぜ。』

って、いってくれたの。それも、ただの休《やす》みじゃない。

『朝《あさ》も好《す》きな時間《じかん》に起《お》きていいし、感染魔法《かんせんまほう》よけの部屋《へや》のそうじもしなくていい。あした一日《いちにち》は、黒魔法《くろまほう》も、修行《しゅぎょう》も、自分《じぶん》が黒魔女《くろまじょ》だってことも、すべてわすれていいぜ。』

しっかし、習慣《しゅうかん》っていうのは、おそろしいです。朝寝坊《あさねぼう》していいって、いわれていても、夢《ゆめ》のなかでは朝練《あされん》しちゃうんだもの。

まあ、いいです。とにかく、今日《きょう》は好《す》きなだけ寝《ね》てていい日《ひ》なんだから、そうさせてい

ただきます。では、みなさん、おっやすみなさーい！

「あなたは、魔力封印《まりょくふういん》のぬいぐるみをしていても、魔力《まりょく》があふれてしまいがちなの！」

……うーん、桃花《とうか》ちゃん、まだおこってるなぁ。

「だから、三級黒魔法《きゅうくろまほう》の『相手《あいて》を黒《くろ》ネコに変身《へんしん》させる黒魔法《くろまほう》』をかけたつもりでも、黒魔《くろま》法《ほう》が強《つよ》くかかりすぎて、強力《きょうりょく》で危険《きけん》な『マタゴット』になっちゃうの！」

……桃花《とうか》ちゃん、きびしい。っていうか、声《こえ》が大《おお》きい。

「つぎの『不幸《ふこう》の種魔法《たねまほう》』では、ほんとに気《き》をつけなさいよ！」

「わかってるねぇ。魔力《まりょく》を出《だ》しすぎると、街中《まちじゅう》が不幸《ふこう》になっちゃうもんねぇ。」

「ねぇ、ねぇ、いってないで、呪文《じゅもん》に集中《しゅうちゅう》しなさい！」

……だ、だめだ。おとなりの朝練《あされん》がうるさくて、とても寝《ね》てられない……。

しかたない。起《お》きて、テレビでもみるかな。

というわけで、パジャマのまま、リビングへおりていくと。

パパもママもまだ起《お》きていないみたいで、窓《まど》にはカーテンがひかれたまま。すきまからさしこむ朝日《あさひ》のせいで、お部屋全体《へやぜんたい》が、ぼんやりとしたミルク色《いろ》の光《ひかり》につつまれてる。

うーん、こういうふんいき、いいね～。ザ・休日《きゅうじつ》の朝《あさ》～って、感《かん》じです。

考《かんが》えてみれば、一年《ねん》まえまでは、毎週《まいしゅう》こうだったんだよなぁ。それが、花粉症《かふんしょう》のまま、キューピットさんなんかやったために、こんなことになってしまい……。

いかん、いかん。今日《きょう》は、黒魔法《くろまほう》のことも、修行《しゅぎょう》のことも、すべてわすれていい日《ひ》なんだから。過去《かこ》をふりかえってちゃだめ。たっぷりとお休《やす》みをたのしみ魔性《ましょう》～。

では、テレビのリモコンをぱちり。

ありゃ？　どのチャンネルもニュースばっかり。そうか、アニメとかトーク番組《ばんぐみ》とかは、七時《じ》になってからだっけ。ああ、そういうことも、一年《ねん》たつとわすれちゃうんだね。

だったら、先《さき》に顔《かお》でも洗《あら》いますか。黒魔女修行《くろまじょしゅぎょう》のおかげか、こんなかっこうで、だらだらしてると、なんだかおちつかないよ。では、まずは歯《は》みがきから～。

プルルル！

あれ？　どこかで電話《でんわ》が鳴《な》ってるよ。

と思《おも》ったら、ママがスマホを耳《みみ》にあてながら、階段《かいだん》をおりてきた。目《め》をこすりこすり、ねむたそうな顔《かお》してる。

「もしもし？　あら、大形《おおがた》さん、おはよう！　……ううん、だいじょうぶよ。もう、とっくに起《お》きてたから。」

うそばっか！　でも、寝起《ねお》きの声《こえ》を感《かん》じさせないところは、すごいね〜。にしても、大形《おおがた》ママ、こんな朝早《あさはや》くから、いったいなんの用事《ようじ》だろ？

「……うん、うん。えっ？」

あれ？　ママの声《こえ》が急《きゅう》に変《か》わったよ。

「……そ、そうなの？　う、うん、うん……。」

は？　ママが、リビングからあたしのほうをみてる。いや、みてるなんてことばはあてはまらないね。目《め》はつりあがり、ほっぺはこわばり、歯《は》をくいしばり、つまりは、鬼《おに》のような形相《ぎょうそう》でにらんでる、というのが、正確《せいかく》な表現《ひょうげん》で。

だけど、どうして？　あたし、なにかわるいことした？　心《こころ》あたりとしては、まだパジャマのままだってことだけど、それは顔《かお》を洗《あら》ったあとでも、べつにいいわけで……。

「……はい。……はい。」

まずいです……。なにが起《お》きているのかはわからないけれど、「うん。」から、きりっとした「はい。」に変《か》わるのは、雲行《くもゆ》きがあやしい証拠《しょうこ》だってこと、小学生《しょうがくせい》のみなさんなら、きっとわかっていただけるはずで……。

「はい、もちろん、その取《と》り決《き》めに賛成《さんせい》よ。……はい、それじゃあ、また、あとで。」

きっかり一秒後《びょうご》。

「千代子《ちよこ》っ！　いますぐプリント、出《だ》しなさい！」
プ、プリントぉ？　な、なんの話《はなし》っすか？
「『家庭訪問《かていほうもん》のお知《し》らせ』！　十日以上《とおかいじょう》もまえに、先生《せんせい》から配《くば》られているはずよ！」

え？　あ……。ああぁ！　た、たしかに、そういうのあったっけ！

「ご、ごめんね、ママ。なんかね、最近《さいきん》、図書委員会《としょいいんかい》の仕事《しごと》とか、一年生《ねんせい》をむかえる会《かい》とか、いろいろあったもんだから、つい、うっかりして……。」

「学校行事《がっこうぎょうじ》でいそがしいのは、みんなもおなじよね。」

「でも、ほら、あたしの場合《ばあい》、黒魔女学力《くろまじょがくりょく》テストの勉強《べんきょう》とか、『入《にゅう》ガックシ鬼《き》』の退治《たいじ》とか、あと、浮遊霊《ふゆうれい》の相談《そうだん》にのったりとか、みんなよりもよけいな仕事《しごと》もあって……。」

い、いかん。いつもなら「とはいえず。」っていうところ、おもいっきりお話《はな》ししちゃった！

「ふざけてないで、すぐにプリントをもってきなさ〜い！」

★

『家庭訪問《かていほうもん》のお知《し》らせ』は、ランドセルの底《そこ》に、おしゃぶり昆布《こんぶ》みたいに、ぺったりとはりついておりました……。

それをママにわたし、たっぷりお説教《せっきょう》をされてから、すごすごとお部屋《へや》にもどると。

「おっはー！」

あ、ギューピッドさま……。

「いやあ、気持《きも》ちのいい朝《あさ》だなぁ！　一年《ねん》ぶりの休日《きゅうじつ》にふさわしい天気《てんき》だぜ！」

はあ……。けさはまた、いつにもまして、テンション高《たか》いね。興奮《こうふん》しすぎで、ほっぺによだれのあとがついたままなのにも、気《き》づいてないみたい……。

「でさ、チョコ。どこ行《い》く？　たしか、図書館《としょかん》で絵本《えほん》の読《よ》み聞《き》かせ会《かい》があったよな。あ、そのまえに落合川《おちあいがわ》へ行《い》って、ミミズとトカゲとなめくじで、レディーファーストする？」

レディーファースト？

「あのう、英語《えいご》で朝食《ちょうしょく》っていいたいのなら、ブレックファストだと思《おも》うけど。」

「うわっ、へちゃむくれに英語《えいご》をおしえられるなんて、超《ちょう》ショック！」

は？　あ、朝食《ちょうしょく》と超《ちょう》ショックの、ダジャレか……。

「やっぱり、ギャグが高級《こうきゅう》すぎて、おまえにはまだわらえないか～。」

低級《ていきゅう》すぎて、わらえません。

って、つっこみたいところだけど、いまは、とてもそんな気分《きぶん》ではなく。

「あたしのことはいいから、ギューピッドさま、ひとりで行《い》ってきなよ。」

「ん？　せっかく修行《しゅぎょう》が休《やす》みだってのに、元気《げんき》ないな。なんかあったのか？　話《はな》してみろ。」

「……うん。じつはね……。」

あたしが、プリントのことで、ママにしかられたことを話《はな》すと、ギューピッドは、首《くび》をかしげて。

「ふーん。でも、そのぐらいのことで、ふつう、そんなにおこるか？」

「ギューピッドさまにはわからないだろうけど、プリントのわたしそびれは、小学生《しょうがくせい》のしかられポイントとしては、かなり高《たか》いんだよ。」

とくに家庭訪問《かていほうもん》はまずいよね。知《し》らずにおでかけの予定《よてい》を入《い》れたらたいへんだし、先生《せんせい》がお家《うち》に来《く》るってなれば、いろいろと準備《じゅんび》もあるわけでしょ。それなのに、いきなり『あしたから家庭訪問《かていほうもん》だって～。』なんていわれたら、たいていの親《おや》はおこるよ。

「家庭訪問《かていほうもん》！　じゃああした、自家製《じかせい》・熱湯《ねっとう》ゆでメン教師《きょうし》が来《く》るのか？」

自称《じしょう》・熱血《ねっけつ》イケメン教師《きょうし》です！　自家製《じかせい》・熱湯《ねっとう》ゆでメン教師《きょうし》って、おそば屋《や》さんじゃあるまいし。

「ううん。家庭訪問《かていほうもん》がはじまるのはあしたの月曜日《げつようび》からだけど、うちに来《く》るのは金曜日《きんようび》。最終日《さいしゅうび》のいちばん最後《さいご》。」

「なんだとぉ！」

ギュービッドったら、いきなり四《よ》つんばいになると、ゆかをじいっと見《み》つめはじめた。

「ルキウゲ・ルキウゲ・クラリビデンシアーレ！」

なに、その呪文《じゅもん》？　はじめて聞《き》くけど。しかも、いま、ふたつの目《め》が車《くるま》のヘッドライトみたいに、黄色《きいろ》く光《ひか》ったよね。なんか、すごそうな黒魔法《くろまほう》！

「『透視魔法《とうしまほう》』だよ。ゆかでもかべでも、どんな障害物《しょうがいぶつ》も見通《みとお》すことができるんだ。初段《しょだん》認定黒魔法《にんていくろまほう》だけど、目《め》を光《ひか》らせるのは、あたしのオリジナル。桃花《とうか》にはできない技《わざ》だぜ。」

へえ！　じゃあ、目《め》を光《ひか》らせると、透視《とうし》の力《ちから》がアップするんだね？

「ききめはおんなじ。でも、目《め》を光《ひか》らせると、鉄腕《てつわん》アトムみたいで、かっこよくね？　こうやって、他人《たにん》より努力《どりょく》するところが、あたしのすごいところなんだよなぁ。」

鉄腕《てつわん》アトムは有名《ゆうめい》です。でも、透視《とうし》するときに目《め》が光《ひか》ることまでは、ほとんどの人《ひと》が知《し》らないと思《おも》うので、それはむだな努力《どりょく》かと。

「うるさーい！　そんなことより、ママさんが激怒《げきど》った理由《りゆう》がわかったぜ。」

え？　そうなの？　いったい、なに？

すると、ギュービッドは、ゆかに人《ひと》さし指《ゆび》をむけた。

「ルキウゲ・ルキウゲ・コピアーレ！」

2 黒魔女《くろまじょ》さんは問題児《もんだいじ》？

あ、その呪文《じゅもん》、コピー魔法《まほう》じゃない？

と思《おも》ったときには、ギュービッドの手《て》には、わら半紙《ばんし》のプリントが一枚《まい》。

「それ、『家庭訪問《かていほうもん》のお知《し》らせ』じゃない？」

「おどろいたか。透視魔法《とうしまほう》とコピー魔法《まほう》の組《く》み合《あ》わせは、最低《さいてい》でも二段以上《だんいじょう》の魔力《まりょく》が必要《ひつよう》なんだぞ。さらに鉄腕《てつわん》アトムみたいに目《め》を光《ひか》らせるには、それ以上《いじょう》の魔力《まりょく》が……。」

鉄腕《てつわん》アトムはもういいですから、そのプリントのどこに、ママが激怒《げきど》したのかをおしえてください。

「それはここだぜ！」

黒革手袋《くろかわてぶくろ》につつまれた指《ゆび》が、ばしっとさしたのは、家庭訪問《かていほうもん》の予定表《よていひょう》で。

十八日《にち》	一路《いちろ》	出雲《いずも》	与那国《よなぐに》	速水《はやみ》	紫苑《しおん》	美里《みさと》	大形《おおがた》
十九日《にち》	春野《はるの》	マリア	三条《さんじょう》	葉月《はづき》	藍川《あいかわ》	伊集院《いじゅういん》	小島《こじま》
二十日《はつか》	鈴風《すずかぜ》	日向《ひなた》	獅子村《ししむら》	宮瀬《みやせ》	土釜《つちがま》	霧月《きりつき》	岩田《いわた》
二十一日《にち》	古島《こじま》	桜都《おうと》	須々木《すすき》	如月《きさらぎ》	要《かなめ》	麻倉《あさくら》	東海寺《とうかいじ》
二十二日《にち》	向井《むかい》	桜田《さくらだ》	七福亭《しちふくてい》	鈴木《すずき》	大谷《おおたに》	楠木《くすのき》	黒鳥《くろとり》

？？？　これのどこにママがおこりだす理由《りゆう》が？

「なんでも、すぐにきくんじゃない！　すこしは自分《じぶん》で考《かんが》えてみろ！」

うーん……。あ、わかった。

「ぜんぶで三十六人《にん》いるのに、三十五か所《しょ》ですんでいるのは、鈴木薫《すずきかおる》さんと重《じゅう》くんが、ふたごの姉弟《きょうだい》だから！」

「ブー！　ヒントは、名前《なまえ》のならび方《かた》でーす！」

ならび方《かた》？　なんだろ……。あ、わかった！　こんどは自信《じしん》あります！

「みんな名字《みょうじ》なのに、マリアちゃんだけ、名前《なまえ》になってる！」

「おお、いわれてみれば、たしかに！　って、ちがうよっ。」

ちがうのかぁ。えーっとねぇ……。

あ！　あああ！

「おお、やっとわかったか。いってみろ。」

「じつはラブラブなのでは、っていうペアが、ちゃんとならんでる！」

〈一路《いちろ》・出雲《いずも》〉、〈春野《はるの》・三条《さんじょう》〉、〈鈴風《すずかぜ》・日向《ひなた》〉、〈獅子村《ししむら》・宮瀬《みやせ》〉！

ね？　うわさのラブラブペアでしょ？

それにだよ、こうしてみると、〈古島《こじま》・桜都《おうと》〉ペアとか、〈土釜《つちがま》・霧月《きりつき》〉ペアも、なんとなく、ありそうな気《き》もするのよねぇ。

「アホ・バカ・マヌケ・おたんこなす・すっとこどっこい、万年低級恋愛鈍感黒魔女《まんねんていきゅうれんあいどんかんくろまじょ》！」

ありゃ？　機関銃攻撃《きかんじゅうこうげき》の最後《さいご》が中国語《ちゅうごくご》みたいになってない？

「恋愛《れんあい》のことなんか興味《きょうみ》ゼロのくせに、わざとラブラブネタを出《だ》して、『あたしも六年生《ねんせい》女子《じょし》になりました。』感《かん》を演出《えんしゅつ》しようったって、だめなんだよ！」

いや、そんなの、演出《えんしゅつ》しているつもりはありませんが。

「だいたい、〈春野《はるの》・三条《さんじょう》〉をペアにしたら、ツンツン女《おんな》がおこるだろ！　っていうか、ツンツン女《おんな》の本命《ほんめい》は、エロエースだぞ！」

ええっ？　そうなの？

「あたしはそうみてる。ああいう優等生《ゆうとうせい》タイプは、意外《いがい》に下《しも》ネタ男子《だんし》に弱《よわ》いんだよ。」

へえ〜。

「それにだ。もし、この予定表《よていひょう》がラブラブペアならびになってるなら、おまえのまえは、麻倉《あさくら》だろっ！」

勝手《かって》に決《き》めないでくださいっ。

「なんだよ、東海寺《とうかいじ》のほうがいいっていうのか？　あれはやめとけ。まじめな霊能者《れいのうしゃ》ほど金《かね》もうけは、へたなんだぞ。恋愛《れんあい》はともかく、結婚《けっこん》するなら、やっぱ金《かね》もってるやつじゃないとな。ついでに、レアもののバービーまでもってりゃ、いうことない……。」

いったいなんの話《はなし》をしてるんですかっ。

「あたしは、将来《しょうらい》、おまえに苦労《くろう》してほしくないから……。」

そうじゃなくて、家庭訪問《かていほうもん》の予定表《よていひょう》のどこにママがおこりだすかの話《はなし》をしてたんでしょ！

「だから、それは、おまえがいちばん最後《さいご》だってことだって、いってるだろ！」

ぜんぜんいってませんっ！　いま、はじめて聞《き》きました！

「ねえ、ギュービッドさま。どうして、あたしがいちばん最後《さいご》だとママがおこるの？」

「決《き》まってるだろ。それは、おまえが問題児《もんだいじ》だって思《おも》われてる証拠《しょうこ》なんだから。」

あたしが？　問題児《もんだいじ》ぃ？　まさかぁ！

でも、そのあと、ギュービッドがえらそうに語《かた》った話《はなし》は、この一年間《ねんかん》とまったく変《か》わらず、むだに長《なが》かったので、まとめると。

一　家庭訪問《かていほうもん》は、他人《たにん》の目《め》を気《き》にせず、じっくりと面談《めんだん》できる絶好《ぜっこう》の機会《きかい》である。

二　教師《きょうし》の立場《たちば》からすると、優等生《ゆうとうせい》にむかって、とくにいうことはない。

三　反対《はんたい》に、問題児《もんだいじ》ほど、話《はなし》が長《なが》くなりがちである。

「だから、家庭訪問《かていほうもん》のスケジュールでは、問題児《もんだいじ》を最後《さいご》にするもんなんだよ。話《はなし》が長《なが》びいても、つぎの家《いえ》に行《い》くのがおくれる心配《しんぱい》はないからな。」

はあ……。いわれてみれば、すじが通《とお》ってるね。

「だろだろだろ？　王立魔女学校《おうりつまじょがっこう》は、寄宿舎制《きしゅくしゃせい》だから家庭訪問《かていほうもん》はなかったけどさ。もしあったら、あたしの家《いえ》なんか、一週間寝泊《しゅうかんねと》まりしたって、話《はなし》がつきなかったはずだぜ！」

この黒魔女《くろまじょ》、自分《じぶん》で問題児《もんだいじ》だったって、白状《はくじょう》してます。

でも、あらためて、それぞれの日《ひ》の最後《さいご》の人《ひと》に、なにか問題《もんだい》があるか、考《かんが》えてみると。

一日《にち》めの大形《おおがた》くん。問題点《もんだいてん》＝授業中《じゅぎょうちゅう》もぬいぐるみをはなさない。

二日《ふつか》めの小島《こじま》くん。問題点《もんだいてん》＝エロすぎる。

三日《みっか》めの岩田《いわた》くん。問題点《もんだいてん》＝すぐ泣《な》く。

四日《よっか》めの東海寺《とうかいじ》くん。問題点《もんだいてん》＝ただいま学校《がっこう》をサボって、一週間《しゅうかん》、山《やま》で修行中《しゅぎょうちゅう》。

たしかに問題《もんだい》ありすぎ！

それじゃあ、あたしの場合《ばあい》はなにが問題《もんだい》なんだろ？

「あやしげな魔法少女《まほうしょうじょ》ってところだよ。ときどき、どハデなゴスロリを着《き》ていくしな。」

それは、ギュービッドさまが、着《き》ていけっていうからでしょ！

それにどハデという意味《いみ》では、メグのほうが……。いや、メグは、毎日《まいにち》、お洋服《ようふく》がちがうし、メグのママをみればわかるとおり、高級《こうきゅう》ブランド大好《だいす》き母娘《おやこ》という理由《りゆう》がある。

六年一組・家庭訪問のお知らせ
十八日 一路・出雲・与那国・
十九日 春野・マリア・三条・
二十日 鈴風・日向・獅子村・
二十一日 古島・桜都・須栄・如月・要・麻倉・東海寺
二十二日 鈴木・大谷・楠木・黒鳥

でも、あたしのゴスロリは、いつもおなじ。しかも、それを着《き》ていくときにかぎって、かならず、あやしげな事件《じけん》がおきる……。

だいたい、あたしは五年生《ねんせい》になるまでは、ぜんぜん目立《めだ》たない子《こ》だったんだよ。お友《とも》だちゼロ、恋愛《れんあい》とかイケメンとかにも興味《きょうみ》ゼロ。女《おんな》の子同士《こどうし》で、キャピキャピおしゃべりするわけでもなく、帰《かえ》りの会《かい》がおわったとたん、速攻《そっこう》ですがたを消《け》す……。

それが五年生《ねんせい》になったとたん、怪奇現象究明委員会《かいきげんしょうきゅうめいいいんかい》の委員長《いいんちょう》にされたり、なぜだか、麻《あさ》倉《くら》くんと東海寺《とうかいじ》くんにアタックされたりするようになって……。

先生《せんせい》からしたら、いったいなにがあったんだろうって、思《おも》うだろうねぇ……。

「やっと気《き》づいたか。自分《じぶん》が問題児《もんだいじ》だってことに。」

「でも、それって半分以上《はんぶんいじょう》、いや百パーセント、ギューービッドさまのせいなんだよ。黒魔《くろま》女修行《じょしゅぎょう》なんかしなければ、あたしは、ずっとむかしのままでいられたはずなんだから。」

そうしたら、ギューービッドったら、にっこり。

「おお、わかってるぜ。だから、家庭訪問《かていほうもん》のこともまかせておけって。」

まかせる？

「おまえは問題児《もんだいじ》なんかじゃないってことを、この家庭訪問《かていほうもん》を通《とお》して、先生《せんせい》に知《し》ってもらえるよう、あたしが力《ちから》を貸《か》してやるってことだよ。」

な、なんか、急《きゅう》にやさしくなってない？　そういうの、めっちゃこわいんですけど。

「ちがうって。おまえには、ことしこそ二級黒魔女《きゅうくろまじょ》になってほしいし、そのために、黒魔《くろま》女修行《じょしゅぎょう》に集中《しゅうちゅう》してもらいたいんだよ。それには、みんなに、おまえがへちゃむくれであること以外《いがい》、なんの心配《しんぱい》もない、ふつうの子《こ》だって思《おも》ってもらったほうがいいだろ？」

えーっと、いまの発言《はつげん》に一部《いちぶ》、ひっかかるところがありましたが、でも、それより、知《し》りたいことがあるので、とりあえず見《み》のがすことにします。

「ギュービッドさま。それはうれしいけど、でもどうするの？」

「黒魔法《くろまほう》を使《つか》うに決《き》まってるだろ。その名《な》も『人《ひと》の気持《きも》ちに敏感《びんかん》になれる魔法《まほう》』だ。」

気持《きも》ちに敏感《びんかん》になれると、問題児《もんだいじ》じゃなくなるわけ？　よくわからん……。

「おまえは、いわれたとおりにすりゃいいの。いそがしいあたしが、かわいい弟子《でし》のために、休日返上《きゅうじつへんじょう》でおしえてやるんだから、気合《きあい》を入《い》れておぼえろよ！」

★

月曜日《げつようび》の朝《あさ》になりました。めっちゃねむいです……。

なにしろ、結局《けっきょく》、あのあと、夜《よる》まで『人《ひと》の気持《きも》ちに敏感《びんかん》になれる魔法《まほう》』の特訓《とっくん》。

きのうは『黒魔法《くろまほう》も、修行《しゅぎょう》も、自分《じぶん》が黒魔女《くろまじょ》だってことも、すべてわすれていいぜ。』っていう日《ひ》のはずだったのにねぇ。

『それもこれも、おまえのためなの。この黒魔法《くろまほう》を使《つか》って、あたしの考《かんが》えた作戦《さくせん》を実行《じっこう》すれば、おまえは問題児脱出《もんだいじだっしゅつ》、いや、それどころか、スーパー模範生《もはんせい》になれるの！』

というわけで、学校《がっこう》に着《つ》いたあたしは、ギュービッドにいわれたとおり、そっとおトイレの個室《こしつ》に入《はい》りこみ、ゴスロリにお着《き》がえ。そして、呪文《じゅもん》をぼそぼそ。

「ルキウゲ・ルキウゲ・センシーブレ。」

とくに変化《へんか》なし。ほんとに『人《ひと》の気持《きも》ちに敏感《びんかん》になれる魔法《まほう》』、かかったのかなぁ。

ま、いいや。早《はや》くオーバーオールすがたにもどらなくちゃ。この黒魔法《くろまほう》は、一回《かい》かければ、どんなかっこうをしていても、ききめは一日《にち》つづくんだって。

『それより、問題児《もんだいじ》と思《おも》われないように、地味《じみ》な女子《じょし》を演《えん》じるのがたいせつだぞ。』

それなら、黒魔女修行《くろまじょしゅぎょう》をやめるのが、いちばんだと思《おも》うんだけどねぇ。

いっぽう、松岡先生《まつおかせんせい》は、朝《あさ》の会《かい》から、やけにはりきっちゃってて。

「みんなも知《し》ってのとおり、今週《こんしゅう》から家庭訪問《かていほうもん》だな！」

「いぇーい！」

ありゃ。男子《だんし》たちも、おおはりきり。なんでだろ？

あ、そうか。午後《ごご》に家庭訪問《かていほうもん》があるから、今週《こんしゅう》はずっと四時間授業《じかんじゅぎょう》でしょ。給食食《きゅうしょくた》べて、おそうじをしたら、おしまいなのが、うれしいんじゃない？

「横綱《よこづな》！　帰《かえ》りにコンビニによって、『少年《しょうねん》マガジン』の立《た》ち読《よ》みしようぜ！」

「で、でも、店員《てんいん》さんに、しかられるのは、いつもぼくなんだよ。ぐすっ……。」

「それもたのしみのひとつだろ、横綱《よこづな》っ！」

やっぱり！

「先生《せんせい》、あたしんちでは、ゆっくりしてってくれよな！」

ありゃ、鈴風《すずかぜ》さやかちゃんも、おおはりきりだね。どうしてだろ？

あ、そうか。さやかちゃん、家庭訪問《かていほうもん》のとき、先生《せんせい》になにかごちそうするのかも。さやかちゃんは、去年《きょねん》、海辺《うみべ》の小《ちい》さな村《むら》から転校《てんこう》してきた子《こ》。だから、ふるさとから、新鮮《しんせん》なお魚《さかな》を送《おく》ってきたのかもしれないよ。

「きのう、田舎《いなか》のばあちゃんが、マグロをまるごと一匹《ぴき》、送《おく》ってきたんだ。それで、父《とう》ちゃんが『先生《せんせい》が来《き》たら解体《かいたい》ショーをやるぞ！』って、はりきってんだよ、ガハハハハ！」

　やっぱり！

　しかし、ふつうの家庭《かてい》でマグロの解体《かいたい》ショーって、豪快《ごうかい》すぎ……。

「鈴風《すずかぜ》さん、そういうのはやめてもらえる？」

　うわっ、舞《まい》ちゃん。めっちゃぷりぷりしてるけど、どうしたんだろ？

　あ、そうか。家庭訪問《かていほうもん》では、先生《せんせい》はお家《うち》のなかにはあがらないことになってるからじゃない？　生徒会長《せいとかいちょう》&《アンド》学級委員《がっきゅういいん》として、決《き》まりを守《まも》らせたいんだよ、きっと。
「第一小《だいいちしょう》の家庭訪問《かていほうもん》では、お話《はなし》は玄関先《げんかんさき》ですませることになってるの。たとえ一軒《いっけん》でも決《き》まりを守《まも》らない家《いえ》があると、みんながめいわくするのよ！」

やっぱり！

「黒鳥《くろとり》。今日《きょう》のおまえ、ずいぶんと、目《め》をきらきらさせてるんだな。」

あ、麻倉《あさくら》くん……。

「やっぱり、東海寺《とうかいじ》がいないと、気分《きぶん》がいいんだろ？」

え？　あ、どうも右《みぎ》がわがすっきりしてるなって思《おも》ったら、東海寺《とうかいじ》くん、山《やま》で修行《しゅぎょう》のために、今週《こんしゅう》一週間《しゅうかん》はお休《やす》みなんだっけ。

でも、へんだね。それなら、麻倉《あさくら》くん、ラッキーとばかりに、あたしにアタックしてきそうなのに、すごくおとなしい。まあ、そのほうが、あたしはありがたいけど……。

あ、そうか。ライバルの留守《るす》を利用《りよう》するなんて、ひきょうだって思《おも》ってるんじゃない？

「仁義《じんぎ》を重《おも》んじるのが講談組《こうだんぐみ》だからな。敵《てき》の弱《よわ》みにつけこむようなまねはしないさ。」

やっぱり！

って、どうしたんだろ。今日《きょう》のあたし、やけにカンがよくない？　みんなの考《かんが》えていることが、手《て》に取《と》るようにわかるっていうか……。

そうか！　これが『人《ひと》の気持《きも》ちに敏感《びんかん》になれる魔法《まほう》』のききめなんじゃない？

「とにかく、家庭訪問《かていほうもん》では、みんなのありのままのすがたをみせてくれ！」

あ、松岡先生《まつおかせんせい》。

「あと、先生《せんせい》にききたいことは、まえもって考《かんが》えておいてくださいと、つたえてくれ。『先生《せんせい》、お茶《ちゃ》を。』『いや、けっこうです。』『あら、コーヒーのほうがよろしくって？』『いや、けっこうです。』なんてやってたら、十分《ぷん》なんて、すぐにすぎちゃうからな。」

うわっ、めっちゃへたな一人芝居《ひとりしばい》。と思《おも》ったら、先生《せんせい》、急《きゅう》に声《こえ》をひそめて。

「まあ、先生《せんせい》のほうから、ぜひ話《はな》しておきたいことがある場合《ばあい》もあるけどな。」

え？　いま、松岡先生《まつおかせんせい》、あたしのほうをじろっとみたような……。

そ、そうか。やっぱり、あたしは問題児《もんだいじ》なんだね。

先生《せんせい》からのお話《はなし》がいっぱいあるから、家庭訪問《かていほうもん》も、最後《さいご》の最後《さいご》なんだよ。

ようし、こうなったら、ギュービッドが考《かんが》えてくれた作戦《さくせん》、がんばるぞ！

3　黒魔女《くろまじょ》さん、空気《くうき》を読《よ》む!?

「それじゃあ、先生《せんせい》、ご案内《あんない》します！」

校門《こうもん》をさっそうと出《で》ていくのは、舞《まい》ちゃん。おとなりには、にまにましている松岡先生《まつおかせんせい》。

給食《きゅうしょく》とおそうじ当番《とうばん》がおわったいま、いよいよ家庭訪問開始《かていほうもんかいし》というわけ。

先生《せんせい》の案内役《あんないやく》は、生徒《せいと》がすることになってるのよね。順番《じゅんばん》がひとつまえの子《こ》の家《いえ》に先生《せんせい》をむかえにいって、自分《じぶん》の家《いえ》につれていくの。で、舞《まい》ちゃんはトップバッターだから、学校《がっこう》から先生《せんせい》を案内《あんない》するっていうしくみ。

「舞《まい》ちゃん、がんばってね〜。」

「どんな感《かん》じだったか、あとでおしえてね！」

百合《ゆり》ちゃんをはじめ、女子《じょし》のみなさん、興味《きょうみ》しんしんでお見送《みおく》り。

でも、あたしは、なにげないそぶりで、ふたりのうしろをついていき……。

「一路《いちろ》の家《いえ》は、学校《がっこう》からどのくらいだ？」

おっ、さっそく、先生《せんせい》の質問《しつもん》がはじまったよ。ようしっ。

「舞《まい》ちゃんの家《いえ》は、歩《ある》いて十分《ぷん》です。」

すると、松岡先生《まつおかせんせい》、目《め》をぱちくり。

「あれ？　どうして、黒鳥《くろとり》がいるんだ？」

「あ、とちゅうまで、帰《かえ》り道《みち》がいっしょなんです。」

そこで、こんどは舞《まい》ちゃんが、目《め》をぱちくり。

「そうだったかしら？　黒鳥《くろとり》さんの家《いえ》は飛行機公園《ひこうきこうえん》のむこうだったんじゃない？」

「そうだけど、こっちからも帰《かえ》れるんだ〜。」

けっこう遠《とお》まわりだけどね〜、とはいわず。でも、どんなに遠《とお》くても、いっしょに行《い》くんです。だって、これが、ギューピッドが考《かんが》えた『黒鳥千代子《くろとりちよこ》は問題児《もんだいじ》じゃないとアピールしよう作戦《さくせん》』。それはどんなものかというと。
一　松岡先生《まつおかせんせい》は舞《まい》ちゃんのことを、とても信頼《しんらい》している。

二　舞《まい》ちゃんや舞《まい》ちゃんママに『黒鳥《くろとり》さんはたよりになるわ。』といわせたい。
三　そのためには、家庭訪問《かていほうもん》のあいだ、なにかと舞《まい》ちゃんをたすけてあげること。

『勝負《しょうぶ》は学校《がっこう》から家《いえ》に行《い》くまでだぞ。教室《きょうしつ》にいるときとちがって、先生《せんせい》とふたりきりで歩《ある》くっていうのは、けっこう気《き》まずいものなんだ。先生《せんせい》も、だまってるわけにはいかないから、あたりさわりのない質問《しつもん》をしてくるしな。』

そこで、『人《ひと》の気持《きも》ちに敏感《びんかん》になれる魔法《まほう》』で、舞《まい》ちゃんの気持《きも》ちがいたいほどわかるあたしが、フォローしてあげると、めっちゃ感謝《かんしゃ》されるんだって。

さあ、心《こころ》をとぎすまして、舞《まい》ちゃんをたすけてあげるぞ〜。

「で、一路《いちろ》。最近《さいきん》どうだ？」

出《で》ました！　『最近《さいきん》どうだ？』発言《はつげん》！　これぞ、最高《さいこう》にあたりさわりのない質問《しつもん》！

こういうこときかれても、こたえようがないんだよね〜。

でも、舞《まい》ちゃん、安心《あんしん》してください。人《ひと》の気持《きも》ちに敏感《びんかん》な黒鳥千代子《くろとりちよこ》がついてますよ！

「たしかに、生徒会長《せいとかいちょう》はたいへんです！」

うしろから声《こえ》をあげたあたしに、舞《まい》ちゃん、お口《くち》をあんぐり。

いいのいいの、ここはあたしにまかせて。

「でも、副会長《ふくかいちょう》の春野《はるの》さんがすごくがんばってくれるし、ときどきだけど、図書委員長《としょいいんちょう》の黒鳥《くろとり》さんも力《ちから》を貸《か》してくれるので、なんとかやっていけそうです。」

「……そ、そうか。こんなふうに黒鳥《くろとり》がかわりにこたえてくれたりするわけか……。」

おおっ、会話《かいわ》が成立《せいりつ》しました！　いい感《かん》じ、いい感《かん》じ。

「で、一路《いちろ》は、習《なら》いごとも、いろいろやってるんだって？」

またまた出《で》ました、沈黙《ちんもく》をさけるためだけの、あたりさわりのない質問《しつもん》！

でも、舞《まい》ちゃん、安心《あんしん》してください。人《ひと》の気持《きも》ちに敏感《びんかん》な黒鳥千代子《くろとりちよこ》がついてますよ！

「いちおう、英語《えいご》とバレエと乗馬《じょうば》とピアノを習《なら》ってます。でも、中学受験《ちゅうがくじゅけん》もしようと思《おも》っているので、いちばん力《ちから》を入《い》れているのは、やっぱり勉強《べんきょう》で……。」

「ちょっと、なんなの、黒鳥《くろとり》さん！」

へ？

「先生《せんせい》はあたしに質問《しつもん》しているのよ！　勝手《かって》にこたえないでちょうだい！」

「い、いや、あたしは舞《まい》ちゃんが気《き》まずい思《おも》いをしてるんじゃないかと……。」

「なにいってるの、黒鳥《くろとり》さん。これは、先生《せんせい》とふたりでお話《はなし》ができる貴重《きちょう》なチャンスなの。すこしは空気《くうき》を読《よ》んだり、人《ひと》の気持《きも》ちも考《かんが》えなさいよ。ほんと、めいわくだわっ。」

……空気《くうき》を読《よ》め？　人《ひと》の気持《きも》ちを考《かんが》えろ？

お、おっかしいなぁ。あたし、黒魔法《くろまほう》で、人《ひと》の気持《きも》ちに敏感《びんかん》になってるはずなのに、めいわくって気持《きも》ちは、ぜんぜん感《かん》じとれなかった……。

あ、ちょっと、舞《まい》ちゃん。行《い》かないでください、まだぜんぜんアピールが……。

ああ、行《い》っちゃったよ……。

どうしよう。これじゃあ、せっかくギューピッドが考《かんが》えてくれた作戦《さくせん》が大失敗《だいしっぱい》じゃないの。といって、いまさら追《お》いかけるのも、もっとへんだし。うーむ……。

「あいたたた！」

ん？　だ、だれ？　あ、おばさんがしゃがみこんでる。どうしたんだろ？

「だいじょうぶですか？」

あわててかけよると、おばさん、こしを手《て》でおさえたまま、ぴくりとも動《うご》けず。

「きゅ、急《きゅう》にこしがいたくなって……。もしかして、ぎっくり腰《ごし》かも……。」

は？　こしがびっくりした？

「びっくり、じゃなくて、ぎっくり。ああ、一歩《いっぽ》も動《うご》けない……。」

うわぁ、つらそうだね。って、あれ、この人《ひと》、どこかでみたことあるような……。

あ、舞《まい》ちゃんのお家《うち》の家政婦《かせいふ》さんじゃない？　たしかお名前《なまえ》は『家政婦《かせいふ》はみた！』。

「それはドラマの名前《なまえ》！　わたしの名前《なまえ》は、石崎夏子《いしざきなつこ》！」

す、すいません。あたし、自分《じぶん》でもあきれるほどの記憶《きおく》レス少女《しょうじょ》なもので。

「そういうあなたは、舞《まい》おじょうさまとおなじクラスの黒鳥《くろとり》さんね。ああ、こんなときに、顔見知《かおみし》りの人《ひと》に会《あ》えるなんて、まさに『地獄《じごく》に仏《ほとけ》』だわ！」

あたしは仏《ほとけ》じゃありません。それをいうなら『通学路《つうがくろ》に黒魔女《くろまじょ》さん』では？

って、そんなことより、どうしよう。たすけてあげたいけど、どうしたらいいか……。

「だいじょうぶ。スマホでタクシーをよんでお医者《いしゃ》さんに行《い》くから。ただ……。」

ん？　石崎《いしざき》さん、大《おお》きなショッピングバッグを見《み》つめて、かなしそうな顔《かお》をしてるよ。

「この最高級《さいこうきゅう》のダージリンと、アンリ・シャルパンティエのフィナンシェが……。」

は？　「ダーリン、あんた、がんばって、くなんしょ」？　ど、どこの方言《ほうげん》ですか？

「方言《ほうげん》じゃなくて、お紅茶《こうちゃ》とおかしのことよ。じつは、だいじなお客《きゃく》さまがおみえになるの。だから、いまごろ奥《おく》さまは、いまかいまかと、待《ま》ってらっしゃるはず……。」

舞《まい》ちゃんのママが？

むむむっ！　人《ひと》の気持《きも》ちに敏感《びんかん》になっている黒鳥千代子《くろとりちよこ》、ビビビッときました！

だいじなお客《きゃく》さまっていうのは、松岡先生《まつおかせんせい》のことでしょ！

ようし、とどけましょう！　いますぐあたしがとどけて、舞《まい》ちゃんママに『黒鳥《くろとり》さんはたよりになるわ。』って、松岡先生《まつおかせんせい》の目《め》の前《まえ》で、アピってもらいましょう！

「まあ、ありがとう！　ほんとにたすかるわ！」

いいえ、こちらこそ、チャンスをあたえてくださったことに、心《こころ》から感謝《かんしゃ》します！

というわけで、五十メートル十二秒《びょう》八の鈍足《どんそく》でも、それなりに全力《ぜんりょく》でダッシュ。

ああ、どうか、松岡先生《まつおかせんせい》は、まだ舞《まい》ちゃんのお家《うち》を訪問中《ほうもんちゅう》でありますように～。

おっ、みえてきました、一路家《いちろけ》のお屋敷《やしき》が。さあ、いそげ～！

と、玄関《げんかん》に入《はい》ろうとしたら、電信柱《でんしんばしら》のうしろから、だれかが飛《と》びだしてきた。

「黒鳥《くろとり》さん、家庭訪問《かていほうもん》のじゃまをしちゃだめですよ！」

あっ、出雲《いずも》くん！　どうして、ここに？

そうか。つぎの訪問先《ほうもんさき》は、出雲《いずも》くんのお家《うち》だったっけ。それで、先生《せんせい》を案内《あんない》するために待《ま》ってたんだね。ってことは、先生《せんせい》は、まだ舞《まい》ちゃんのお家《うち》にいるってこと。

「出雲《いずも》くん。あたし、じゃまをしに来《き》たんじゃないの。その正反対《せいはんたい》。松岡先生《まつおかせんせい》がいるうちに、どうしてもおとどけしなくちゃいけないものを、あずかってきたの。」

すると、出雲《いずも》くん、目《め》のなかに「？」マークをたくさんうかべて、かたまってしまい。

あたしは、そのすきに、玄関《げんかん》をがらり。そこは、以前《いぜん》、舞《まい》ちゃんが自分《じぶん》で「高級温泉旅館《こうきゅうおんせんりょかん》」みたいなといった、やたらにひろくて、やたらに豪華《ごうか》なスペースで。

「く、黒鳥《くろとり》さん？」

「ど、どうしたんだ、黒鳥《くろとり》？」

びっくりする舞《まい》ちゃんと松岡先生《まつおかせんせい》をよそに、あたしは舞《まい》ちゃんママのところへ。

「これ、『家政婦《かせいふ》はみた！』じゃなかった、石崎《いしざき》さんからあずかってきました！」

「え？　石崎《いしざき》さんが、どうかなさったの？」

「こしがおしゃべりしちゃって、動《うご》けないんです。」

「え？　お買《か》い物《もの》のとちゅうに、石崎《いしざき》さん、おしゃべりしてるの？　こまるわねぇ。」

「でも、このお茶《ちゃ》とおかしだけは、どうしても松岡先生《まつおかせんせい》にお出《だ》ししなければならないっていうんで、あたし、かわりにもってきてあげたんです！」

それから、あたしは、松岡先生《まつおかせんせい》をくるりとふりかえり。

「この紅茶《こうちゃ》とおかしには、舞《まい》ちゃんのママからの『最高《さいこう》のダーリンへ。がんばってくなんしょ。』っていう意味《いみ》がこめられてるらしいですよ。」

「ダ、ダーリン？」

「ああ、よかった、お役《やく》に立《た》てて！　それじゃあ、失礼《しつれい》しまーす！」

あたしは、にっこり作《つく》りわらいをうかべると、舞《まい》ちゃんのお家《うち》を飛《と》びだした。

いやあ、作戦《さくせん》は思《おも》った以上《いじょう》に大成功《だいせいこう》かも。だって、松岡先生《まつおかせんせい》の目《め》の前《まえ》で、舞《まい》ちゃんママをたすけることができたんだもの。

★

「ギューピッドさま！　人《ひと》の気持《きも》ちに敏感《びんかん》になれる魔法《まほう》、ききめばつぐんだったよ！」

お家《うち》に帰《かえ》ったあたしは、さっそく、ギューピッドに、今日《きょう》のできごとを報告《ほうこく》。

ところが、お話《はなし》が、家政婦《かせいふ》の石崎《いしざき》さんに出会《であ》ったところにさしかかったところで。

「ぎっくり腰《ごし》だとぉ！」

わっ、なにをそんなにおどろいてるの？　っていうか、お顔《かお》がこわいんですけど。

「だっておまえ、ぎっくり腰《ごし》は『魔女《まじょ》の一撃《いちげき》』じゃないか！」

は？　こしがいたいのと魔女《まじょ》に、関係《かんけい》なんかあるの？

「アリアリの大《おお》アリクイ！　これをみろ！」

ギュービッドは、スマホ、じゃなかった、ス魔《ま》ホを出《だ》すと、イン魔《ま》ーネットにアクセス。そして検索《けんさく》のウィンドウに『魔女《まじょ》の一撃《いちげき》』と入力《にゅうりょく》すると……。

〈ぎっくり腰《ごし》は魔女《まじょ》の一撃《いちげき》って知《し》ってる？〉

〈ぎっくり腰はドイツ語《ご》で『魔女《まじょ》の一撃《いちげき》』といいます。〉

〈魔女《まじょ》の一撃《いちげき》に注意《ちゅうい》しよう！　ぎっくり腰《ごし》の予防法《よぼうほう》は……。〉

ほ、ほんとだ……。

「でもギュービッドさま、これはあくまで『魔女《まじょ》の一撃《いちげき》のようだ。』っていう表現《ひょうげん》で、ほんものの黒魔女《くろまじょ》さんとは関係《かんけい》ないんじゃない？」

「おまえなぁ、ことわざにもあるだろ。『火《ひ》のないところで花火《はなび》はできない』って。」

それをいうなら『火《ひ》のないところにけむりは立《た》たない』ですっ。たとえうわさでも、原因《げんいん》になるようなことが、なにかあるはずだっていう意味《いみ》！「火《ひ》のないところで花火《はなび》ができない」のは、あたりまえすぎでしょ。

「でも、おまえみたいな、へちゃむくれの低級黒魔女《ていきゅうくろまじょ》に、『魔女《まじょ》の一撃《いちげき》』をあたえる魔力《まりょく》があるとは思《おも》えないし。うーむ、これは、なにかあるかもしれないぜ……。」

え？　石崎《いしざき》さんのぎっくり腰《ごし》って、あたしのせいなの？　まさかぁ！

と、そのとき、階段《かいだん》の下《した》から、ママの声《こえ》が。

「千代子《ちよこ》。ちょっと来《き》なさい。」

な、なんか、やな予感《よかん》。声《こえ》のトーンが、めっちゃ冷《つめ》たいよ。

「ね、ねえ、ギュービッドさま。ママ、なんかおこってない？　なんだと思《おも》う？」

「あのなぁ、ふだんはスーパー鈍感黒魔女《どんかんくろまじょ》でも、いまは黒魔法《くろまほう》の力《ちから》で人《ひと》の気持《きも》ちに敏感《びんかん》になってるんだぞ。そのおまえにわからないもの、あたしにわかるわけないだろ。」

そ、それも、そうだね。しかたない、とにかく、ちょっと行《い》ってきます……。

で、いざリビングへおりてみると、気持《きも》ちを感《かん》じとる以前《いぜん》の問題《もんだい》で。

「千代子《ちよこ》、あなた、いったいなんてことしてくれたの！」

いきなり、おしかりのことばが、雨《あめ》あられとふってきた。それを、そのまま書《か》きとめると、何《なん》ページにもなりそうなので、まとめると。
一　家庭訪問《かていほうもん》では、お茶《ちゃ》はいらないと学校《がっこう》はいっているが、それでもお茶《ちゃ》を出《だ》す家《いえ》がある。
二　それでは不公平《ふこうへい》なので、ママさんたちは、ぜったいにお茶《ちゃ》を出《だ》さない取《と》り決《き》めをした。
三　それなのに、舞《まい》ちゃんママは、お茶《ちゃ》とおかしを出《だ》してしまった。
「その原因《げんいん》っていうのが、千代子《ちよこ》、あなただっていうじゃないの！」

え？

「家政婦《かせいふ》さんのことばの意味《いみ》を取《と》りちがえて、お茶《ちゃ》とおかしを、松岡先生《まつおかせんせい》の前《まえ》で出《だ》したんですってね！」

そ、それじゃあ、『最高《さいこう》のダーリン、がんばって、くなんしょ。』は、べつのお客《きゃく》さんに出《だ》すものだったわけ？

「そんなことして、『これはべつのお客《きゃく》さまのものです。』と、ひっこめられると思《おも》う？」

い、いや……。

「そして、一軒《けん》めでお茶《ちゃ》を出《だ》したら、そのあとのお家《うち》も出《だ》さないわけにはいかないわよね！」

そ、そうかな？　そうですね、はい……。

「大形《おおがた》くんのママね、お仕事《しごと》で、家庭訪問《かていほうもん》の時間《じかん》ぎりぎりに帰《かえ》ってきたの。なのに、お茶《ちゃ》とおかしが必要《ひつよう》だっていうんで、あわてて、おかしを買《か》いにいったそうよ。それを聞《き》いて、ママ、どんなにもうしわけなく思《おも》ったか、あなた、わかるの！」

ご、ごめんなさい……。悪気《わるぎ》はなかったんだけど。ほんとにすいませんでした……。

ああ、それにしても、どうして、こんなことになっちゃったんだろ？

やっぱり、あたしって、問題児《もんだいじ》なのかな……。

4　魔界《まかい》グッズで作戦続行《さくせんぞっこう》！

火曜日《かようび》になりました……。

「……あたし、先生《せんせい》をおむかえするとき、アレキサンダー・マックイーンのワンピに着《き》がえたの。これはぁ、イギリスのキャサリン皇太子妃《こうたいしひ》お気《き》に入《い》りのブランドでぇ……。」

六年生《ねんせい》になっても、一組《くみ》の朝《あさ》は、メグのファッションじまんではじまります……。

「でも紫苑《しおん》さん。家庭訪問《かていほうもん》では、ふだんどおりにって、先生《せんせい》、いってなかった？」

「だから、ふだん着《ぎ》にしたんだよぉ。」

メグをかこんだ女子《じょし》たちが、一瞬《いっしゅん》にして石化《せっか》しました。

「ママがしたお話《はなし》も、ふだんのことだよ。『お買《か》い物《もの》は、表参道《おもてさんどう》ヒルズのセレクトショップか、銀座《ぎんざ》のブランドの本店《ほんてん》ですね。』とかぁ……。」

石化《せっか》した女子《じょし》たちに、ひびが入《はい》りました。

「『今日《きょう》のおかしは、急《きゅう》なことだったので、モンサンクレールのセラヴィしかなくて、ごめんなさいねぇ。』とかぁ。」

そんなすごいおかしが、いきなり出《だ》せるんですか！

って、お茶《ちゃ》とおかし問題《もんだい》の原因《げんいん》は、あたしなんだよね。ほんとにごめんなさい……。

小《ちい》さくなって、だれにも気《き》づかれないように、自分《じぶん》の席《せき》につくと。

「黒鳥《くろとり》さんが、わるいわけじゃないねぇ。」

「そうだねぇ。ごめんなさいは、ぼくのほうだねぇ。」

へ？　な、なんで、大形《おおがた》くんが、あたしにあやまるの？

ふりかえると、そのときにはもう、大形《おおがた》くんは、あたしに背《せ》をむけて、自分《じぶん》の席《せき》にもどっていくところ。でも、その肩《かた》ごしに、リスのぬいぐるみが顔《かお》をのぞかせて。

「なんとかするので、ゆるしてほしいねぇ。」

なんなんだろ。もしや、大形《おおがた》くんのママが、うちのママに、あたしのことをいつけたことをあやまってるとか？　そんなこと気《き》にしてないのに……。

というわけで、その日《ひ》は一日《いちにち》、舞《まい》ちゃんの針《はり》のような視線《しせん》を受《う》けながら、じっと、うつむいてすごし、給食《きゅうしょく》をもそもそと食《た》べたあと、そっと教室《きょうしつ》を出《で》ると。

「チョコちゃん、おねがいがアリマス……。」

あ、マリア・サンクチュアリちゃんじゃないの。

でも、どうしたんだろ。ずいぶんと暗《くら》いお顔《かお》して。ふだんは、エロい男子《だんし》を、本場《ほんば》、中《ちゅう》国仕込《ごくじこ》みのカンフーで、アチョーってやっつけてくれる、スーパー元気少女《げんきしょうじょ》なのに。

「今日《きょう》、マリアの家《いえ》、カテーホーモンです。マリアのママ、いまお仕事《しごと》でロンドンにイマス。だから、パパが先生《せんせい》とお話《はな》シシマス。でも、パパ、とっても、キンチョーしてます。」

どうして？

「マリアのパパ、日本語《にほんご》、アンマリじょうずじゃアリマセン……。」

そういえば、マリアちゃんのパパは中国人《ちゅうごくじん》だっけ。で、ママはイギリス人《じん》。

むむむ、マリアちゃんの気持《きも》ちが、ビビビッと伝《つた》わってきました。マリアちゃんのパパは、松岡先生《まつおかせんせい》とうまくお話《はなし》ができないかもしれないって、心配《しんぱい》してるんだね。

「ソウデス！　やっぱり、チョコちゃんはタヨリになります！　どうか、タスケテ！」

そりゃあ、たすけてあげたいけど、そればっかりはあたしにもどうしたらいいか……。

でも、これはきのうの失敗《しっぱい》を取《と》りもどすチャンスかもしれないよ。ギューピッドに相談《そうだん》すれば、なにかいい黒魔法《くろまほう》を知《し》ってるかもしれないし。ようし！

「わかった。うまくいくかどうか、わからないけど、なにか考《かんが》えてみるよ。」

★

「おお、チョコ、えらいぞ！　きのうの失敗《しっぱい》にめげず、今日《きょう》も、人《ひと》の気持《きも》ちに敏感《びんかん》になれる黒魔法《くろまほう》をかけたんだな！」

ん？　そうかな？　やったのかもね。マリアちゃんの気持《きも》ちがわかったんだから。

「それより、ギューピッドさま。マリアちゃんをたすける方法《ほうほう》、なにかない？」

「アリアリの大《おお》アリクイ！」

それ、ほんと好《す》きだねぇ。ついきのうも聞《き》いたような……。

「これをもっていってやれ！」

ギューピッドが出《だ》したのは、たて長《なが》の小《ちい》さなはこ。なに、これ？　ガム？

「『おしゃべり昆布《こんぶ》』だよ！」

え？　それをいうなら、「おしゃぶり昆布《こんぶ》」じゃない？　遠足《えんそく》のおやつにしたり、おやつがわりに食《た》べるとダイエットにいいとか、いわれてるやつ。

「ちがうって。これはな、ひとくち食《た》べると、おしゃべりが苦手《にがて》なやつが、とたんにたのしそうに話《はな》せるようになる、スーパー便利《べんり》な魔界《まかい》グッズなんだよ。」

ふーん、でも、なんか、ドラえもんのひみつ道具《どうぐ》のパクりみたいなのが気《き》になる……。

「ねえ、ギュービッドさま。黒魔女《くろまじょ》さんなんだから、やっぱり黒魔法《くろまほう》を使《つか》おうよ。」

「うるさーい！　あたしは、きのうの『魔女《まじょ》の一撃《いちげき》』のことを、気《き》にしてるの。」

どういうこと？

「おまえみたいな低級《ていきゅう》黒魔女《くろまじょ》の魔力《まりょく》じゃ、『家政婦《かせいふ》はみた！』をぎっくり腰《ごし》にできるわけはない。だったら、その魔力《まりょく》はいったいどこからきたんだ？」

いや、あたしにそれをきかれても……。

「とにかく、その問題《もんだい》が解決《かいけつ》できるまで、むやみに新《あたら》しい黒魔法《くろまほう》を使《つか》わせたくないんだ。」

わかりました。とにかく、時間《じかん》もないので、マリアちゃんのところへ行《い》ってきます。

えーっと、ああ、ここだ、ここだ。しかし、大《おお》きなマンションだねえ。

入《い》り口《ぐち》も自動《じどう》ドアで、かっこいい……。って、あれ、開《ひら》かないよ。

あ、もしかして、オートロックってやつ？　そういえば、まえに、ギュービッドが寒《さむ》いギャグをいってたっけ。『オートロックに、おどろっく。』って。

「チョコちゃん、おもしろいデス！」

マリアちゃん！　ああ、よかったよ。なかに入《はい》れなくて、こまってたんだよ。

あ、うしろにいるのは、マリアちゃんのパパ？

うわぁ、背《せ》が高《たか》いねぇ。みじかい黒髪《くろかみ》をぴしっと七《しち》・三《さん》に分《わ》けて、黒《くろ》いスーツでばっちり決《き》めて、まるで映画《えいが》スターみたい！

「コンニチハ。イツモ、ウチノ、マリア、オセワにナッテルね。」

なんだ、日本語《にほんご》、じょうずじゃないの！

「カテーホーモン、このロビーでシマス。先生《せんせい》、タチッパナシでいいって、イッテタ。」

立《た》ちっぱなし？　あ、「立《た》ち話《ばなし》」ね。

やっぱり、話《はなし》がこまかくなると、すこしたいへんみたい。そりゃそうだよね。もし、あたしが外国《がいこく》で暮《く》らすことになって、家族《かぞく》の話《はなし》を外国語《がいこくご》でしろっていわれても、ぜったい無《む》理《り》だもの。

「チョコちゃん、アタシ、先生《せんせい》をムカエに行《い》かなくちゃイケマセン。」

あ、もうそんな時間《じかん》？　はいはい、マリアちゃん、いってらっしゃーい。

あとは、この黒鳥千代子《くろとりちよこ》におまかせあれ〜。

マリアちゃんのパパとふたりになると、あたしはさっそく『おしゃべり昆布《こんぶ》』を出《だ》した。

「これを食《た》べてください。それだけで、ぺらぺらっとお話《はなし》ができるようになりますから。」

ところが、マリアちゃんのパパさん、ふしぎそうなお顔《かお》。

そうか、日本語《にほんご》がよくわからないんだね。よし、だったら……。

あたしは、箱《はこ》から、おしゃべり昆布《こんぶ》を一枚出《まいだ》すと、食《た》べるマネをした。

「コレを、イチマイ、タベマ〜ス！　ソウスルト、ペラペ〜ラ、シャベレ〜ルね！」

ちょっとまて。なんで、あたしがカタコトの日本語《にほんご》を話《はな》してんだろ？

でも、マリアちゃんのパパさん、ぱっと、顔《かお》をかがやかせて。

「オウ！　パクパ〜クで、ペラペ〜ラね！」

つ、通《つう》じた！

で、パパさんが、昆布《こんぶ》をつまんで、パクリと食《た》べると。

「わたしの名前《なまえ》はリャン・チャオウィです。どうか、トニーとよんでください。」

おおおっ！　なめらかな日本語《にほんご》！　なぜ、トニーなのか、わかりませんが。

「わたしの仕事友《しごとども》だちは、チョウ・ユンファアです。」

うんうん！　なぜ急《きゅう》にそんな話《はなし》をするのか不明《ふめい》ですが、それぐらい、おしゃべりがはずんじゃうんだね、きっと。

「この調子《ちょうし》なら、だいじょうぶそうです。千代《ちよ》、ありがとう！」

どういたしまして！　って、千代《ちよ》じゃなくて、千代子《ちよこ》ですけど。ま、それはいいか。

「先生《せんせい》を連《つ》れてキマシタ！」

ふりかえると、マリアちゃんと松岡先生《まつおかせんせい》が、マンションに入《はい》ってくるところで。

「あれ？　黒鳥《くろとり》、どうして、ここに？」

そういう松岡先生《まつおかせんせい》をさえぎるように、マリアちゃんのパパが、口《くち》を開《ひら》いた。

「わたしの名前《なまえ》はリャン・チャオウィです。どうか、トニーとよんでください。」

いきなり話《はな》しかけられて、松岡先生《まつおかせんせい》、びっくり。

「こ、こんにちは。六年《ねん》一組《くみ》の担任《たんにん》の松岡祐造《まつおかゆうぞう》です。日本語《にほんご》おじょうずですね！」

「わたしの仕事友《しごとども》だちは、チョウ・ユンファです。」

松岡先生《まつおかせんせい》、一瞬《いっしゅん》、どきっとしたような顔《かお》。でも、すぐに笑顔《えがお》になり。

「そうですか。それで、マリアさんのことですが、クラスについてなにか……。」

「千代《ちよ》のクラスは美《うつく》しく、そして、おろかです。」

え？

「一本道《いっぽんみち》のダンスが、クラスをまとめています。」

は？　一本道《いっぽんみち》のダンス？　あ、パパさんの気持《きも》ちが、ビビビッとわかりました。

それ、舞《まい》ちゃんのことじゃない？　『一路《いちろ》』が『一本道《いっぽんみち》』、『舞《まい》』が『ダンス』……。

でも、どうして、わざわざそんないい方《かた》をするんだろ？

松岡先生《まつおかせんせい》も、どうこたえたらいいのか、わからず、おろおろ。それでも、マリアちゃんのパパさん、かまわず、おしゃべりをつづけて。

「大《おお》きな騒《さわ》ぎのさまざまな六年生《ねんせい》のクラスは、千代田区《ちよだく》が解決《かいけつ》する魔法《まほう》を使用《しよう》します。」

ちょっとまって。まったく意味不明《いみふめい》なんですけど。しかも、そのくせ、『千代田区《ちよだく》』とか『魔法《まほう》』とか、気《き》になることばがまじっていて、なんか不安《ふあん》……。

「千代田区《ちよだく》はもともと五年生《ねんせい》の女《おんな》の子《こ》の魔法《まほう》に取《と》りつかれていました。」

ちょ、ちょ、ちょ、どうなってるの？

「ぶふっ、これ、なんだか、ネットの自動翻訳《じどうほんやく》みたいだね。」

あれ、ショウくんじゃない？ そうか、つぎの訪問先《ほうもんさき》が、ショウくんのお家《うち》だから、おむかえに来《き》たんだね。でも、それより、いったいなんなの、ネットの自動翻訳《じどうほんやく》って。

「ネット上《じょう》の外国語《がいこくご》を、その場《ば》で日本語《にほんご》に翻訳《ほんやく》してくれるサービスだよ。でも、ときどきへんな日本語《にほんご》になるんだ。とくに、中国語《ちゅうごくご》を自動翻訳《じどうほんやく》すると、日本語《にほんご》と似《に》たような漢字《かんじ》でも意味《いみ》がちがうせいで、とんちんかんな日本語《にほんご》になるんだよ。」

そのあいだも、マリアちゃんのパパさん、ふしぎなおしゃべりが止《と》まらず。

「伝説《でんせつ》の黒魔女《くろまじょ》に取《と》りつかれた千代田区《ちよだく》は、自分《じぶん》のコースの学習《がくしゅう》を開始《かいし》しなければなりませんでした。」

ああ、意味不明《いみふめい》なくせに、たまに意味《いみ》が通《つう》じるところがあるのが、よけいにこまる……。

「自動翻訳《じどうほんやく》にこまる子《こ》は、みんな好《す》きだよ。」

★

「自動翻訳《じどうほんやく》ぅ？　『おしゃべり昆布《こんぶ》』に、そんな力《ちから》はないぞ。」

あたしの報告《ほうこく》を聞《き》いたギュービッドは、黄色《きいろ》いひとみをぴかぴかさせた。

またまた、とぼけちゃって。すなおにみとめたらどう？　ドラえもんのひみつ道具《どうぐ》の『ほんやくコンニャク』をパクりました、って。

「なんだと？　それ、コミックスだと、何巻《なんかん》に出《で》てくるんだ？　さっそくパクって……。」

パクっちゃだめです！

でも、ほんとにちがうんだとすると、どうして、マリアちゃんのパパの中国語《ちゅうごくご》が自動翻訳《じどうほんやく》されちゃったんだろ。まあ、マリアちゃんには、

「マリアのパパ、タクサンお話《はな》しできたって、大《おお》よろこびデシタ！」

って、感謝《かんしゃ》されたから、いいかな。

で、つぎの日《ひ》の放課後《ほうかご》、こんどは宮瀬灯子《みやせとうこ》ちゃんが近《ちか》づいてきて。

「チョコちゃん。あたしの相談《そうだん》にものってくれない？　マリアちゃんとおなじように、あ

たしのお家《うち》も、お父《とう》さんが先生《せんせい》とお話《はなし》をするのよ。」

え？　まさか、灯子《とうこ》ちゃんのお父《とう》さんも、おしゃべりが苦手《にがて》なの？

「ううん、うちのお父《とう》さん、営業《えいぎょう》マンだからトークはばっちり。問題《もんだい》はおそうじなの。」

灯子《とうこ》ちゃんには、五歳《さい》の雄一《ゆういち》くん、四歳《さい》の小夜子《さよこ》ちゃん、三歳《さい》の朋美《ともみ》ちゃんという、弟《おとうと》と妹《いもうと》がいる。しかも、残念《ざんねん》なことに、灯子《とうこ》ちゃんのお母《かあ》さんは亡《な》くなってしまったので、弟《おとうと》たちのめんどうから、家事《かじ》まで、すべて、灯子《とうこ》ちゃんがやってるんだよね。

「でも、小《ちい》さい子《こ》が三人《にん》もいると、おそうじもなかなかゆきとどかないの。家《いえ》じゅう、おもちゃでいっぱいだし、らくがきもあるし、先生《せんせい》をおむかえするのがはずかしいくらいなのよ。」

うーん……。いっつも思《おも》うんだけど、灯子《とうこ》ちゃんって、えらいよなぁ。

「でも、灯子《とうこ》ちゃん。先生《せんせい》はふだんのようすが知《し》りたいっていってるんだし、むしろ、そのままのほうが、灯子《とうこ》ちゃんががんばってるところをわかってもらえるんじゃない？」

ところが、灯子《とうこ》ちゃんはお下《さ》げ髪《がみ》をぶるんとふって。

「でも、お父《とう》さんが、それじゃ、だめだっていうの。『お父《とう》さん、お仕事《しごと》でいろんなお家《うち》に行《い》くけれど、玄関《げんかん》をひとめ見《み》れば、そこに住《す》む人《ひと》の性格《せいかく》も、いま幸《しあわ》せかどうかも、わかるんだ。だから、家庭訪問《かていほうもん》も、玄関先《げんかんさき》でけっこうですっていうんだぞ。』って。」

そ、そうなの？　なんか、こわいね……。

「だけど、あたしの場合《ばあい》、玄関《げんかん》のおそうじだけじゃすまないの。うち、玄関《げんかん》をあけると、居間《いま》までまるみえだから……。」

むむむ、灯子《とうこ》ちゃんの気持《きも》ちが、ビビビッと伝《つた》わってきました。

灯子《とうこ》ちゃんとしては、玄関《げんかん》と居間《いま》も、ぴかぴかにかたづけたい。けど、ひとりじゃむり。なんとかならないかなぁってことでしょ？

「そうなの！　ああ、やっぱりチョコちゃんって、たよりになるわ！」

いや、たすけられるかどうかは、うちの性悪黒魔女《しょうわるくろまじょ》に相談《そうだん》してみないとわからないので、とはいえず。

あ、でも、もしだめでも、おそうじなら、あたしが手《て》つだってあげればいいのか。それもりっぱな『黒鳥千代子《くろとりちよこ》は問題児《もんだいじ》じゃないとアピールしよう作戦《さくせん》』。灯子《とうこ》ちゃんやお父《とう》さんが、あたしがいい子《こ》だってこと、先生《せんせい》にアピってくれたら、大成功《だいせいこう》だよ。

「わかった。それじゃあ、あとで、灯子《とうこ》ちゃんのお家《うち》に行《い》くよ。」

★

「おう、だったら、これをもってけ！」

灯子《とうこ》ちゃんの話《はなし》を聞《き》いたギュービッド、黒革《くろかわ》コートのポケットから、銀色《ぎんいろ》のV《ブイ》字形《じがた》をした道具《どうぐ》を取《と》りだした。なんていうんだっけ？　パン屋《や》さんによくあって、パンをはさんで、お盆《ぼん》にのせたりするやつ……。

「せいトング～！」

そう、トング！　って、いまのいい方《かた》、完《かん》全《ぜん》にドラえもんのパクりじゃない？

だいたい、あたしのベッドの上《うえ》、ドラえもんのコミックスだらけだし。黒魔女《くろまじょ》さんは整《せい》理整《りせい》とんがだいじなんでしょ。読《よ》むのはいいけど、ちらかし放題《ほうだい》はやめてください。

「合点承知《がってんしょうち》の介《すけ》～！」

ギュービッドったら、急《きゅう》にへんなかけ声《ごえ》をかけたかと思《おも》うと、せいトングとやらで、コミックスの一冊《さつ》をぱくっとはさんだ。と、そのとたん！

わわわっ、ギュービッドの動《うご》きが、急《きゅう》に速《はや》くなった！

まるで、ビデオの早《はや》おくりみたいに、せいトングで、本《ほん》をはさんでは本《ほん》だなへ、また、はさんでは本《ほん》だなへ。

三十秒後《びょうご》には、あーら、ふしぎ。何十冊《なんじっさつ》ものコミックスが、かたづいちゃった！

「みたか！　せいトングを使《つか》えば、整理整《せいりせい》とんも、あっというまだぜ！」

すご〜い！　だったら、あたしも、これからは朝《あさ》のおそうじを、せいトングで……。

「そうはイカのおさしみ！　自分《じぶん》の手《て》でやってこそ、黒魔女修行《くろまじょしゅぎょう》になるんだよっ。」

がっくり……。ま、そういわれるとは思《おも》ったけどね。

でも、灯子《とうこ》ちゃんには、ばっちりの魔界《まかい》グッズ！　さっそくもっていき魔性《ましょう》〜！

「灯子《とうこ》ちゃん、こんにちは〜！」

元気《げんき》よく、玄関《げんかん》のとびらをあけたとたん。

ガラガラ、ガッシャ～ン！

わあっ！　なんか、いっぱい、落《お》ちてきた！

「ご、ごめんなさい！　チョコちゃん、だいじょうぶ？　けが、しなかった？」

「ううん、ぜんぜん平気《へいき》。だけど、これはいったいなに？」

足《あし》もとにころがっているのは、小《ちい》さなバケツ。ほかにシャベルや、じょうろもある。どれも赤《あか》や黄色《きいろ》のプラスチックでできていて、アニメのキャラの絵《え》がついてて。

「雄一《ゆういち》たちのおもちゃよ。居間《いま》にちらかっていたおもちゃを、いったん、玄関《げんかん》に集《あつ》めたんだけど、気《き》がついたら、山《やま》になっちゃって……。」

へえ。やっぱり、ちびちゃんが三人《にん》もいると、たいへんなんだねぇ。

獅子村《ししむら》くんも、そんな灯子《とうこ》ちゃんをさっしてくれて、なんと、松岡先生《まつおかせんせい》を灯子《とうこ》ちゃんの家《いえ》まで案内《あんない》してくれるといってくれたんだそうで。さすが、仲《なか》がいいね～。

「おかげで、先生《せんせい》をむかえにいく時間《じかん》が、はぶけたんだけどね。でも、問題《もんだい》はこれをどこにかたづけるかよ。とりあえず、二階《かい》のお部屋《へや》につっこもうかと思《おも》うんだけど、こんなにたくさんだと、家庭訪問《かていほうもん》の時間《じかん》にまにあうかどうか……。」

安心《あんしん》してください。黒鳥千代子《くろとりちよこ》が、いいもの、もってきました！

「灯子《とうこ》ちゃん、このトングをつかうと、あっというまに、かたづくよ。」

「ほんとに？　でも、これで、はさむより、手《て》でつかむほうが早《はや》いんじゃない？」

ふつうはそう思《おも》うよね。でも、ちがうんだなぁ。

「とにかく、ものはためし。ちょっとやってみてよ。」

「う、うん……。」

うたがいのまなざしの灯子《とうこ》ちゃん、せいトングで、バケツをはさもうとしたとき、遠《とお》くの方《ほう》から声《こえ》が聞《き》こえてきた。

「おーい、灯子《とうこ》〜。」

「ああっ、お父《とう》さん、もう帰《かえ》ってきちゃった。ど、どうしよう……。」

だいじょうぶだよ！　心配《しんぱい》しているひまがあったら、まず行動《こうどう》！

「そ、そうだね！」

灯子《とうこ》ちゃんは、せいトングで、バケツをぱくっとはさんだ。

と、つぎの瞬間《しゅんかん》。灯子《とうこ》ちゃんの動《うご》きが、ぐいーんと加速《かそく》。ビデオの早《はや》おくりみたいなスピードで、階段《かいだん》をかけあが……。

あれ？　灯子《とうこ》ちゃん、階段《かいだん》にむかわず、その場《ば》で、まわれ右《みぎ》をしちゃったよ。それから、玄関《げんかん》のわきの戸《と》をがらっとあけると、バケツをぽいっ。

あ、そこ、おトイレなんだ。なるほど、そこなら階段《かいだん》をのぼりおりする時間《じかん》がはぶけるよね！　そもそも、家庭訪問《かていほうもん》のあいだだけ、かたづいていればいいんだし。

せいトングって、そういうところまで考《かんが》えてくれるのか。気《き》がきくね～。

と、あたしが感心《かんしん》しているあいだに、おもちゃの山《やま》はすべて、おトイレのなかへ。

おそるべし、魔界《まかい》グッズ！　あたしの五十メートル走《そう》より、ずっと速《はや》い～！

そこへ、ただいま～っと、スーツすがたのお父《とう》さんがやってきて。

「おっ、きれいにかたづいているじゃないか。えらいぞ、灯子《とうこ》！」

「ううん。これはね、黒鳥《くろとり》さんがおかたづけを手《て》つだってくれたおかげなの。」

「ほう、そうか。いやあ、黒鳥《くろとり》さん、いつもいつも、灯子《とうこ》をたすけてくれてありがとう！」

いいえ、黒魔法《くろまほう》や魔界《まかい》グッズを使《つか》ってますから、楽勝《らくしょう》なんです～。とはいえず。

「ほんとに、いいお友《とも》だちができてよかった。松岡先生《まつおかせんせい》にも、そう話《はな》しておきますよ。」

あ、それはぜひおねがいします！　ただいま『黒鳥千代子《くろとりちよこ》は問題児《もんだいじ》じゃないとアピールしよう作戦《さくせん》』のまっさいちゅうですので～。

「宮瀬《みやせ》さ～ん！　松岡先生《まつおかせんせい》、つれてきたよ～！」

「あ、獅子村《ししむら》くんだ！」

灯子《とうこ》ちゃん、お花《はな》がさいたような笑顔《えがお》。獅子村《ししむら》くんも、息《いき》せききって走《はし》ってくる。

ふふふ、このおふたり、やっぱり、いい感《かん》じかも。どちらも、お料理《りょうり》じょうずだし、やさしいし、そばにいるこっちまで、ほっこりしてきます～。

「宮瀬《みやせ》～！」

あ、松岡先生《まつおかせんせい》まで、走《はし》ってくる。でも、めっちゃ猛《もう》ダッシュ。しかも、獅子村《ししむら》くんとちがって、お顔《かお》がひきつってる。しかも、灯子《とうこ》ちゃんのお父《とう》さんが、

「宮瀬灯子《みやせとうこ》の父《ちち》です。いつも、娘《むすめ》がたいへんお世話《せわ》になっております。」

って、ていねいにごあいさつしているのも無視《むし》して、その場《ば》ではげしく足《あし》ぶみ。

「み、宮瀬《みやせ》！　トイレ！　トイレはどこだ！」

「え？　ト、トイレですか？」

「そうだよ！　どの家《いえ》でも、お茶《ちゃ》を出《だ》されるから、がまんできなくって……。」

すると、灯子《とうこ》ちゃんのお父《とう》さん、お仕事《しごと》でなれているせいか、さっと玄関《げんかん》のわきの戸《と》をあけて。

「トイレはこちらです！　さあ、どうぞ！」

「た、たすかります！」

え？　あ、松岡先生《まつおかせんせい》、ちょっと待《ま》って。そ、そこは……。

ガラガラ、ガッシャーン！

「わあっ！　なんだ、これ……。」

ま、まずい……。めっちゃ、まずいです……。

5　ありのままの黒鳥千代子《くろとりちよこ》で

「なんだって？　せいトングが、気《き》をきかせただとぅ？」

あたしから報告《ほうこく》を聞《き》いたとたん、ギューピッドは、ぴょーんととびあがった。

「んなこと、ありえないぜ！　せいトングに、自分《じぶん》で考《かんが》える力《ちから》なんてないの。二階《かい》にかたづけると決《き》めたら、そのとおりにしか動《うご》かないの。」

そ、そうなの？　だったら、どうして……。

「わからないぜ。でも、こうなったら『黒鳥千代子《くろとりちよこ》は問題児《もんだいじ》じゃないとアピールしよう作《さく》戦《せん》』は、中止《ちゅうし》だな。」

ええっ？　ちょっとまってよ。

「あさってには、いよいよ松岡先生《まつおかせんせい》がこのお家《うち》に来《く》るんだよ。このままじゃ、あたし、こまるんですけど……。」

「しょうがないだろ。せいトングのほかにも、おしゃべり昆布《こんぶ》も、原因不明《げんいんふめい》のおかしな動《うご》きをしたんだから。魔女《まじょ》の一撃《いちげき》だって、解決《かいけつ》ついてないし。これ以上《いじょう》、なにかやって、よけいにおかしなことになったら、どうするんだよ。」

だったら、いったいあたしはどうしたらいいの？

「あたしが原因《げんいん》をつきとめるまでは、なにもするな。おまえは、もともと、へちゃむくれで、どんくさい女《おんな》なんだ。へたに動《うご》くと、かえって、バケツをほるぞ。」

それをいうなら、『墓穴《ぼけつ》をほる』ですっ。バケツなんか、どうやってもほれませんっ。

と、いちおうおこってはみたものの、ギュービッドのいうことも、もっともなので、とりあえず、つぎの日《ひ》は一日《いちにち》、なにもせず、じっと息《いき》をひそめて、やりすごすことに。

でも、結局《けっきょく》、原因《げんいん》はわからないまま、家庭訪問最終日《かていほうもんさいしゅうび》に。なので、今日《きょう》も一日《いちにち》、バケツを、じゃなくて、墓穴《ぼけつ》をほらないよう、ひっそりと、ひとり下校《げこう》。

でも、そのほうが、気《き》がらく。だって、それが、ありのままのあたしだもの。

いい子《こ》アピールとか、みんなの気持《きも》ちを気《き》にしたり、空気《くうき》を読《よ》んだりなんて、ふだん、ぜったいにやらないことをすると、ほんとつかれる……。

「そもそも自分《じぶん》を問題児《もんだいじ》だと思《おも》いこんだりするから、つかれるんですよ。」

あ、桃花《とうか》ちゃん。

「でも、家庭訪問《かていほうもん》で、いちばん最後《さいご》になるのは問題児《もんだいじ》の証拠《しょうこ》だって、ギュービッドさまがいってたよ。」

「そんなことありませんよ。最後《さいご》になるのは、たいてい、お家《うち》のかたから先生《せんせい》におねがいした場合《ばあい》です。だいたい、お仕事《しごと》のつごうというのが多《おお》いですね。うちもそうですから。」

桃花《とうか》ちゃんのお話《はなし》では、大形《おおがた》くんのママは、パートのお仕事《しごと》の時間《じかん》のつごうで、一日《にち》めのいちばん最後《さいご》にしてくださいといったんだそうで。

「ほかの人《ひと》もそうだと思《おも》いますよ。二日《ふつか》めのエロエースくんと、四日《よっか》めの東海寺《とうかいじ》くんのママさんたち、うちのママとおなじところでお仕事《しごと》してますし。三日《みっか》めの横綱《よこづな》くんのお家《うち》は、おそば屋《や》さんでしょう？　夕方《ゆうがた》すこしまえが、お店《みせ》がお休《やす》みになるから、家庭訪問《かていほうもん》には、ちょうどいいんですよ。」

な、なるほど……。いや、だったら、あたしの場合《ばあい》は、よけいに問題児《もんだいじ》だっていう証拠《しょうこ》になるんじゃない？　だって、希望《きぼう》なんて、なにも出《だ》してないんだし。

「そう、それが原因《げんいん》なんですよ、おねえちゃん。」

は？

「おねえちゃん、家庭訪問《かていほうもん》の希望《きぼう》の日《ひ》と時間《じかん》のアンケートも、ママさんにみせてなかったんじゃありませんか？」

へ？　そ、そんなの、あったっけ？

「やっぱり！　希望《きぼう》を出《だ》さなければ、先生《せんせい》は勝手《かって》に、日時《にちじ》を決《き》めちゃいますよ。それで、たまたまあいていた、最後《さいご》の日《ひ》の最後《さいご》の時間《じかん》になったんじゃないでしょうか。」

なんですとぉ！　それじゃあ、『黒鳥千代子《くろとりちよこ》は問題児《もんだいじ》じゃないとアピールしよう作戦《さくせん》』なんて、必要《ひつよう》なかったってこと？

「今回《こんかい》は、ギュービッド先輩《せんぱい》も、おねえちゃんも考《かんが》えすぎだったってことですね。ことざにもあるでしょう？　『過《す》ぎたるは及《およ》ばざるがごとし』。やりすぎは、やりたりないのとおなじように、よくない。だから、なにごとも、ほどほどにって。」

へぇ、桃花《とうか》ちゃん、よく知《し》ってるねぇ。

「まえに、慣用《かんよう》くみ子校長《ここうちょう》が、朝礼《ちょうれい》でおっしゃってたのを、思《おも》いだしたんです。最近《さいきん》、大《おお》形《がた》のことで、そういうことが多《おお》いんで。」

大形《おおがた》くんが？　どういうこと？

「黒魔法《くろまほう》をかけたり、魔界《まかい》グッズを使《つか》うと、もともとの効果以上《こうかいじょう》になっちゃうんです。『相手《あいて》を黒《くろ》ネコに変身《へんしん》させる黒魔法《くろまほう》』をかければ、黒《くろ》ネコじゃなくて、とっても危険《きけん》な『プロヴァンスのマタゴット』が出《で》てきちゃうし。」

あ、それ、知《し》ってる。日曜日《にちようび》の朝《あさ》、そのことで、もめてたよね。

「そのあとも、人《ひと》を不幸《ふこう》にする『不幸《ふこう》の種魔法《たねまほう》』や、反対《はんたい》に幸《しあわ》せにしてあげる『幸福《こうふく》の種《たね》魔法《まほう》』も、あやうくききめがあふれだしそうになったんで、中止《ちゅうし》したんです。魔力《まりょく》が強《つよ》いのはよさそうに思《おも》えても、強《つよ》すぎれば、かえってこまるもんなんですよ、おねえちゃん。」

なるほどねぇ。たいへんなんだねぇ。

って、いまは、ひとのことより、自分《じぶん》の心配《しんぱい》だよ。

とにかく、あたしは問題児《もんだいじ》じゃないとわかったいま、今日《きょう》の家庭訪問《かていほうもん》も、よけいなことは考《かんが》えず、ありのままの黒鳥千代子《くろとりちよこ》でいたほうがいいよね。ママにも、そういおう。

と思《おも》ったものの、時《とき》すでにおそし、だったようで。

お家《うち》に帰《かえ》ってみたら、なにもかもが、とんでもないことになっていて。

まず、玄関《げんかん》がぴっかぴか。

いつもは、パパ、ママ、あたしの三人《にん》それぞれのくつやスニーカー、サンダルが散乱《さんらん》しているのが、きれいにかたづけられたうえ、モップで、みがきあげられてる。

ろうかも、リビングも、すみずみまで、掃除機《そうじき》&《アンド》ぞうきんがけが行《ゆ》きとどいてる。

テーブルには、紅茶《こうちゃ》、日本茶《にほんちゃ》、コーヒー、どれでも出《だ》せるような準備《じゅんび》がされ、おまんじゅうやら大福《だいふく》やらが、山《やま》のようにつみあげられている。

さらには、窓《まど》べには、みたこともないようなお花《はな》が！　鉢《はち》も大《おお》きければ、チョウチョみたいな形《かたち》の白《しろ》いお花《はな》も大《おお》きい。しかもお花《はな》の数《かず》は二十以上《いじょう》も！

「これは胡蝶《こちょう》ランよ。花《はな》ことばは、チョウチョのように『幸福《こうふく》が飛《と》んでくる』。縁起《えんぎ》がいいでしょう？　でも一万円以上《まんえんいじょう》もしたから、お夕飯《ゆうはん》はしばらく、ふりかけごはんね。」

なんと！　ほんの十分《ぶん》の家庭訪問《かていほうもん》のために、こんなことをするとは、まさに『過《す》ぎたるは及《およ》ばざるがごとし』！

「しょうがないでしょう？　あなたの大失敗《だいしっぱい》を、取《と》りもどすためなんだから。」

だ、大失敗《だいしっぱい》？

「一路《いちろ》さんのお宅《たく》でのことのほかに、サンクチュアリさんや、宮瀬《みやせ》さんのお宅《たく》でも、あなた、へんなことしたそうじゃないの。」

え？　マリアちゃんのお父《とう》さんはよろこんでたって、いってたけど。

「意味不明《いみふめい》なこと、まくしたてられて、松岡先生《まつおかせんせい》はおこまりになられたそうよ。」

や、やっぱりそうか。まあ、そうかもね……。

「今日《きょう》、大形《おおがた》くんのママから聞《き》いたんだけど、先生《せんせい》は『おかしなことにまきこまれるたび、黒鳥《くろとり》がいるのが、ふしぎだ。』って、訪問先《ほうもんさき》でくりかえしてるそうよ。」

ぎゃー！　『黒鳥千代子《くろとりちよこ》は問題児《もんだいじ》じゃないとアピールしよう作戦《さくせん》』のはずが、『黒鳥千代《くろとりちよ》子《こ》は大問題児《だいもんだいじ》だとクラス中《じゅう》にアピールさせよう作戦《さくせん》』になってたんだ！

まずい、まずい、めっちゃまずいです～！

★

「で、黒鳥《くろとり》。最近《さいきん》、どうだ？」

ただいま、あたしのお家《うち》にむかって、松岡先生《まつおかせんせい》とふたりきりで歩《ある》いています。

「はあ……。」

先生《せんせい》がいろいろ話《はな》しかけてきます。

「習《なら》いごとはなにかしているのか？」

「……はあ。」

会話《かいわ》がまったくはずみません。でも、べつにあたしには悪気《わるぎ》はないんです。

ただ、「最近《さいきん》、どうだ？」ってきかれても、

「はい、黒魔女《くろまじょ》さん二級《きゅう》ドリルの問題《もんだい》がかなりむずかしくて、こまっています。」

なんて、いえないし、「習《なら》いごとはなにかしているのか。」って、きかれても、

「黒魔女修行《くろまじょしゅぎょう》がいそがしくて、習《なら》いごとどころじゃありません。」

なんて、いえないでしょ。

それよりなにより、いままでの失敗《しっぱい》のことを考《かんが》えると、気《き》まずいわけで。

まあ、最後《さいご》はおたがい無言《むごん》になったので、よけいに気《き》まずくなったんだけど……。

「まあまあ、松岡先生《まつおかせんせい》！　いつも、千代子《ちよこ》がお世話《せわ》になっております！」

ああ、よかった。やっぱり、こういうときは、ママはたよりになります。

「さあ、先生《せんせい》、おあがりになって。」

「いや、玄関先《げんかんさき》でお話《はなし》をうかがうことになっていますから。」

「そうおっしゃらずに。これで最後《さいご》なんでしょう？　ゆっくりなさってください。」

「そ、そうですか？　では、おことばにあまえようかな……。」

ママ、さすがです！　松岡先生《まつおかせんせい》、あたしとふたりで歩《ある》いていたときとはちがって、すっかり、くつろいだ表情《ひょうじょう》してる。

「先生《せんせい》、お茶《ちゃ》はなにになさいます？　日本茶《にほんちゃ》、紅茶《こうちゃ》、それともコーヒーがよろしくて？」

そうききながら、ママは、おまんじゅうと大福《だいふく》の山《やま》を、そっとテーブルのまんなかへ動《うご》かした。もちろん、それが、松岡先生《まつおかせんせい》の目《め》にとまらないわけはなく。

「あ、それじゃあ、日本茶《にほんちゃ》をいただきましょうか。」

そういいながら、松岡先生《まつおかせんせい》の手《て》は、おまんじゅうにのびてます。

もう完全《かんぜん》にママのペース！　この調子《ちょうし》なら、あたしに対《たい》するイメージもよくなりそう。

『黒鳥千代子《くろとりちよこ》は問題児《もんだいじ》じゃないとアピールしよう作戦《さくせん》』は、ママにおまかせです！

「あ、このおまんじゅう、クリが入《はい》っているんですねぇ。」

「え？」

な、なに？　ママが、びっくりしてる。

「先生《せんせい》、クリは入《はい》ってませんよ。それは、北海道《ほっかいどう》は十勝産《とかちさん》の最高級《さいこうきゅう》の小豆《あずき》で作《つく》ったあんこだけが、ぎっしりとつまった、とってもお高《たか》いおまんじゅうのはず……。」

「いや、このクリがいいですよ。『あんこ』に『クリ』で『アングリー』なんちって！」

「は？」

「ほら、英語《えいご》で『おこる』を『アングリー』っていうじゃないですか。あ、こういう高級《こうきゅう》なギャグ、わからないか！」

松岡先生《まつおかせんせい》、それじゃあ、うちの性悪黒魔女《しょうわるくろまじょ》なみの寒《さむ》いオヤジギャグ……。

でも、おかしいね。ギャグをかましたくせに、松岡先生《まつおかせんせい》、わらってない。それどころか、みるみる、こわくなっていくよ。

「黒鳥《くろとり》さん。ぼく、ほんとにおこりたくなってきました。だって、そうでしょう？　千代子《ちよこ》さんのせいで、どこのご家庭《かてい》を訪問《ほうもん》しても、お茶とおかしでせめられたんですよ！」

わわわ、話《はなし》が、おかしな方向《ほうこう》に……。

「おかげで、トイレには行《い》きたくなるし、あまいものの食《た》べすぎで、太《ふと》るし！　黒鳥《くろとり》さん、あやまってくださいよ！」

ところが、それを聞《き》いたママのほうも、とつぜん、こわい顔《かお》になって。

「あやまれですって？　なぜ、わたしがあやまらなくちゃいけないんですか！」

ちょ、ちょっと、ママ、いったいどうしたの？

「だって、そうでしょう？　お茶《ちゃ》が出《で》ようが、おかしが出《で》ようが、先生《せんせい》がめしあがらなければ、すむ話《はなし》じゃないですか！　それを、ものほしそうに、がぶがぶ、ぱくぱく！」

そういうと、ママはがばっと立《た》ちあがり、胡蝶《こちょう》ランのお花《はな》のほうへかけよって。

「わたし、あやまりませんよ！　ええ、ぜったいに、あやまラン！」

ええっ？　ママが、オヤジギャグ？

「いいえ、あやまっていただきます！　ぼくは、アングリーなんですから！」

「あやまラン！　だれがなんといおうが、ぜったいにあやまラン！」

なにこれ！

先生《せんせい》とママが、ダジャレをかましながら、大《おお》ゲンカなんて、どう考《かんが》えてもおかしいよ！

ん？　むむむ！　あたし、ビビビッときました！

そうか！　そういうことなんだね！　ようし！

あたしは、リビングを飛《と》びだすと、階段《かいだん》へむかった。

「ギュービッドさま！」

ちょうどそこへ、ギュービッドも階段《かいだん》をかけおりてきて。

「チョコ！　わかったぞ！」

うん、あたしもわかった！　いままで、起《お》きてきたことの原因《げんいん》は……。

「大形《おおがた》くん！」

「大形京《おおがたきょう》だ！」

おおっ、ふたりの考《かんが》え、ぴったり！

「おまえも、桃花《とうか》のいってたことで、気《き》づいたんだな？」

うん。大形《おおがた》くんは、最近《さいきん》、魔力《まりょく》が強《つよ》くなりすぎて、魔力封印《まりょくふういん》のぬいぐるみをしていても、魔力《まりょく》があふれでるようになったんだよね。

「そのために、大形《おおがた》が修行《しゅぎょう》で『不幸《ふこう》の種魔法《たねまほう》』をかけたとき、そのききめが、家《いえ》もおとなりで、クラスもいっしょのおまえにも、およんでしまった。」

そう。それで、石崎夏子《いしざきなつこ》さんにあたしが近《ちか》づいたとき、『魔女《まじょ》の一撃《いちげき》』がかかって、ぎっくり腰《ごし》になっちゃったのよ。そして、さらに、不幸《ふこう》はあたしにもふりかかって、舞《まい》ちゃんの家《いえ》での大失敗《だいしっぱい》につながった。

「それを知《し》った大形《おおがた》は、おまえに失敗《しっぱい》を取《と》りかえしてもらおうと、ひそかに『幸福《こうふく》の種魔《たねま》法《ほう》』をかけたんだ。魔界《まかい》グッズの『おしゃべり昆布《こんぶ》』に自動翻訳機能《じどうほんやくきのう》がついたり、『せいトング』が、勝手《かって》に気《き》をきかせたりしたのも、そのせいだ。」

でも、かえって松岡先生《まつおかせんせい》をこまらせるような結果《けっか》になっちゃったのよね。

「『不幸《ふこう》の種魔法《たねまほう》』も『幸福《こうふく》の種魔法《たねまほう》』も、ききめが強《つよ》すぎて、入《い》りみだれてるからな。」

おまんじゅうにクリを入《い》れて、もっとおいしくしようとしたら、『アングリー』になって先生《せんせい》はおこりだし、『幸福《こうふく》が飛《と》んでくる』胡蝶《こちょう》ランのお花《はな》が『あやまラン』になって、大《おお》ゲンカになっているのも、おなじ。

そこで、がちゃっと音《おと》がして、玄関《げんかん》があいた。あらわれたのは大形《おおがた》くんで。

「ほんとに、もうしわけないねぇ……。」

「きさまぁ、あやまってすむなら、魔界警察《まかいけいさつ》はいらないんだよ！」

ギュービッドが、黒革《くろかわ》コートをバタバタさせて、つめよった。

「あんことクリで『アングリー』とか、『あやまラン』とか、そういうおもしろネタは、あたしにしか、ゆるされてないんだよ！」

おこるの、そこですか！

「でも、ギュービッドさま、大形《おおがた》くんのこと、しからないで。」

大形《おおがた》くんだって、なんとかしようと思《おも》って、失敗《しっぱい》しちゃったわけなんだし。

「自分《じぶん》でも、どうしたらいいのか、わからないんだねぇ。」

うんうん、わかってるよ。あたしだって、もっと早《はや》く気《き》づけたはずだしね。

だって、考《かんが》えてみたら、あたし、『人《ひと》の気持《きも》ちに敏感《びんかん》になれる魔法《まほう》』の呪文《じゅもん》は、月曜日《げつようび》にしか唱《とな》えてないの。この黒魔法《くろまほう》は一日《にち》だけしかきかないはず。なのに、火曜《かよう》も水曜《すいよう》も、一組《くみ》のみんなの気持《きも》ちがわかったところで、おかしいと思《おも》うべきだったわけ。

「つまり、大形《おおがた》からあふれだす魔力《まりょく》のせいで、黒魔法《くろまほう》がとぎれなかったってことか？」

「うん。でも、大形《おおがた》くんのことは、桃花《とうか》ちゃんにまかせておこうよ。それより、ギュービッドさま、あたしに『無効化黒魔法《むこうかくろまほう》』をおしえてください。」

ママと松岡先生《まつおかせんせい》をもとにもどすには、大形《おおがた》くんの魔力《まりょく》がかかった魔界《まかい》グッズのききめを消《け》さなくちゃいけないわけでしょ。それには、無効化黒魔法《むこうかくろまほう》がいいっていうの、あたし、知《し》ってるんだ。だって、日曜日《にちようび》の朝《あさ》、桃花《とうか》ちゃんがいってたこと、聞《き》いてたもの。

「ふん、それはおしえられないね。」

ど、どうして？

「無効化黒魔法《むこうかくろまほう》は、インストラクター黒魔女専用《くろまじょせんよう》なの。修行用《しゅぎょうよう》の黒魔法《くろまほう》を弟子《でし》が勝手《かって》に消《け》せたら、修行《しゅぎょう》にならないだろ？　おまえなんか、ぜったいにズルしそうじゃないか。」

し、失礼《しつれい》な！　そんなこと、しませんっ。

「だから、無効化黒魔法《むこうかくろまほう》は、あたしがかける。」

わかりました。では、おねがいします。

「ルキウゲ・ルキウゲ・アヌラーレ！」

すると、はげしい口《くち》ゲンカが、急《きゅう》にしずかになり。そして……。

「いやあ、やっぱり、あんこは北海道十勝《ほっかいどうとかち》産《さん》の小豆《あずき》にかぎりますねぇ。」

「でしょう？　さ、先生《せんせい》、お茶《ちゃ》をもう一杯《いっぱい》、どうぞ。」

おおお～！　さすがはギュービッドさま！　おかしな魔力《まりょく》がきれいに消《き》えました！

「それでね、先生《せんせい》。うちの千代子《ちよこ》、プリントの出《だ》しわすれが多《おお》くて、こまってますの。」

「そのようですね。六年生《ねんせい》にもなって、それではこまりますねぇ。」

「家《うち》でも、きびしくいいますので、先生《せんせい》からも、きつくいってください。」

「わかりました！　これから、びしびし、指導《しどう》させてもらいましょう！」

え？　ちょっとまって。またお話《はなし》が、へんな方向《ほうこう》にむかってない？

「もう、ぼくの魔力《まりょく》は関係《かんけい》ないねぇ。」

「これは、『ありのまま』の黒鳥《くろとり》さんの問題《もんだい》だねぇ。」

そ、そんなぁ。ギュービッドさま、なんとかならないの？

「あたしは、黒魔法《くろまほう》をおしえるのが仕事《しごと》なの。学校《がっこう》のことは、先生《せんせい》におまかせなの。」

ああ、結局《けっきょく》、あたしは問題児《もんだいじ》だったってわけ？　とほほほ……。

第《だい》二話《わ》　失《う》せ物《もの》、さがします！

黒魔女《くろまじょ》めあて

類《るい》は悪魔《あくま》をよぶ

1　数字《すうじ》で呪《のろ》いがかけられる？

「地獄耳魔法《じごくみみまほう》の呪文《じゅもん》は？」

「はい。ルキウゲ・ルキウゲ・エスクチャーレ。」

四月二十四日《がつか》です。日曜日《にちようび》です。

「運気上昇呪文《うんきじょうしょうじゅもん》は？」

「ルキウゲ・ルキウゲ・アドラメレク。」

午後一時半《ごごじはん》。昼練《ひるれん》のまっさいちゅうです。

「大当《おおあ》たり魔法《まほう》は？」

「ルキウゲ・ルキウゲ・ゲットーネ。」

ただいま、黒鳥千代子《くろとりちよこ》は『黒魔法呪文千本《くろまほうじゅもんせんぼん》ノック』を受《う》けているところです。

これ、黒魔法《くろまほう》の名前《なまえ》をいわれたらすぐ、その呪文《じゅもん》をこたえるというもの。

ほんとに、黒魔法《くろまほう》を千個習《こなら》ったわけじゃないけどね。でも、一年《ねん》も修行《しゅぎょう》してれば、けっこうな数《かず》にはなるわけで。もうだいぶやったはずだけど、いつおわるのかな……。

「まだまだぁ！　これがおわったら、『じっさいに黒魔法《くろまほう》をかけるぜ千本《せんぼん》ノック』だぞ！」

げっ、それは鬼《おに》すぎる……。

「うるさーい！　先週《せんしゅう》、家庭訪問《かていほうもん》で午後練《ごごれん》を休《やす》んだ分《ぶん》を、取《と》りもどさなくちゃいけないの。つべこべいわずにやるんだよっ。はい、なりきりカメラ魔法《まほう》は？」

「ええっと、ルキウゲ・ルキウゲ……。」

「……『は・じ・き』の公式《こうしき》だねぇ。」

あ、いまの、大形《おおがた》くんの声《こえ》じゃない？

じゃあ、大形《おおがた》くんも修行中《しゅぎょうちゅう》？

だけど『はじきの公式《こうしき》』ってなに？　そんな黒魔法《くろまほう》あるの？

「わり算《ざん》のマークの上《うえ》に『き』、下《した》には『は×じ』って書《か》くねぇ。」

なんなの、それ？　新《あたら》しい魔法陣《まほうじん》のかき方《かた》？　そんなの聞《き》いたことないよ。

うーん、やっぱり、魔力《まりょく》が強《つよ》い人《ひと》は、習《なら》ってることもちがうのかぁ。

「『停留所《ていりゅうじょ》から営業所《えいぎょうしょ》まで5000メートルあります。分速《ふんそく》250メートルで走《はし》るバスに乗《の》ると、何分《なんぷん》かかりますか？』だねぇ。」

「『は・じ・き』の公式《こうしき》をつかえば、一発《いっぱつ》だねぇ。」

『はじき』で『一発《いっぱつ》』？　ま、まさか、ピストルをドスンと一発撃《ぱつう》つってこと？

だって、やくざさんたち、ピストルのことを『はじき』ってよぶでしょ？

うーん、なんか、ようすがおかしいよ……。

「おい、チョコ！　なりきりカメラ魔法《まほう》の呪文《じゅもん》をいえよ！」

……だいたい、黒魔女修行《くろまじょしゅぎょう》のはずなのに、桃花《とうか》ちゃんの声《こえ》がぜんぜん聞《き》こえないし。

「チョコ！　聞《き》いてるのか！」

「ギユービッドさま、ちょっと、たんま！」

「たんま？　なんだ、それ？」

『たんま』は、『タイム』とか『ちょっと待《ま》ってて。』っていう意味《いみ》です。

むかし、はやったんだって。『なつかしの昭和《しょうわ》の死語《しご》』って本《ほん》で読《よ》んだんだよ。

「というわけで、あらためて、ちょっと、たんま！」

そういって、がらりと窓《まど》をあけると、ほんの二メートル先《さき》は、大形《おおがた》くんのお部屋《へや》。天気《てんき》がいいせいか、むこうの窓《まど》も、ばーんと全開《ぜんかい》で、つくえにむかってる大形《おおがた》くんがまるみえ。

でも、やっぱり、桃花《とうか》ちゃんのすがたはどこにもなく……。

「桃《もも》は、パパさんとママさんと、でかけたねぇ。」

「そうだねぇ。車《くるま》を買《か》うかもしれないからって、みんなで、お店《みせ》へ行《い》ったねぇ。」

それじゃあ、昼練《ひるれん》は？

「休《やす》みだねぇ。っていうか、黒魔女修行《くろまじょしゅぎょう》はしばらくお休《やす》みだねぇ。」

「そうだねぇ。魔力《まりょく》がもれてる問題《もんだい》を解決《かいけつ》するまで、黒魔法《くろまほう》は禁止《きんし》だねぇ。」

そ、そうか……。まあ、あたしも、そのことでは、先週《せんしゅう》、ひどいめにあったので、そのほうがいいと思《おも》います、はい。

「で、大形《おおがた》くん、なにやってるの？」

「算数《さんすう》の勉強《べんきょう》だねぇ。」

「来週《らいしゅう》は、全国学力《ぜんこくがくりょく》テストがあるねぇ。」

ええっ！　そうだったっけ？

ああ、全魔界一斉黒魔女学力《ぜんまかいいっせいくろまじょがくりょく》テストがおわったと思《おも》ったら、こんどは、学校《がっこう》のほうでも学力《がくりょく》テストですか。とほほ……。

「でも、大形《おおがた》くん、『はじき』がどうとかって、へんなことといってなかった？」

「そうじゃなくて、『は・じ・き』の公式《こうしき》だねぇ。」

「速《はや》さの文章問題《ぶんしょうもんだい》を解《と》くときに、これをおぼえておくと、楽勝《らくしょう》なんだねぇ。」

大形《おおがた》くんが、あたしにむかってひろげたノートには、こんな図《ず》がかいてあって。

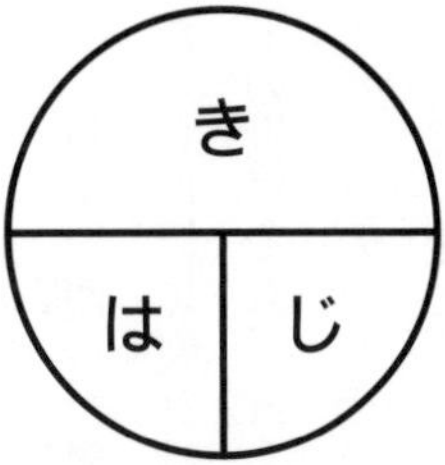

「問題《もんだい》のなかの数字《すうじ》を公式《こうしき》にあてはめれば、それでこたえが出《で》るねぇ。」

「５０００メートルは、きょりだから、『き』のところに５０００って、書《か》くねぇ。」

「分速《ふんそく》２５０メートルは、速《はや》さだから、『は』のところに２５０って書《か》くねぇ。」

「すると、５０００÷２５０って、なるねぇ。」

「だから、こたえは20、つまり20分《ぷん》だねぇ。」

なんとっ！　ほとんど、なにも考《かんが》えてないのに、こたえが出《で》るとは！

うーむ、こりゃあ、あたしも勉強《べんきょう》したほうが、いいかもね。

「チョ、チョコ。おまえ、大形《おおがた》に黒魔法《くろまほう》をかけられたのか……。」

ギュービッドさま、いきなり、なにをいいだすの？

「だって、なまけもの&《アンド》めんどくさがりやで、なにより努力《どりょく》がきらいなへちゃむくれが、自分《じぶん》からテスト勉強《べんきょう》をするだなんて、黒魔法《くろまほう》にかかった以外《いがい》、考《かんが》えられないだろっ。」

あたしは六年生《ねんせい》なんです！　たまには、お勉強《べんきょう》に前《まえ》むきになることもあります！

「ぼくも、黒魔法《くろまほう》はかけたりしてないねぇ。」

「ふん、おまえの魔力《まりょく》は、もれもれ状態《じょうたい》なの。自分《じぶん》でも知《し》らないうちに、相手《あいて》に黒魔法《くろまほう》がかかることはあるの。」

そういわれると、大形《おおがた》くんもなにもいえないのか、しゅんとしちゃって。

「だいたい、算数《さんすう》っていうのもあやしいんだよ。数字《すうじ》の呪《のろ》いかもしれないだろ？」

えー？　数字《すうじ》を使《つか》った黒魔法《くろまほう》なんてあるの？

「これだから低級黒魔女《ていきゅうくろまじょ》はこまる。数字《すうじ》を使《つか》った魔術《まじゅつ》は数秘術《すうひじゅつ》といって、人間界《にんげんかい》の占《うらな》いやオカルトの世界《せかい》でも、古《ふる》くから使《つか》われてきたんだぞ。」

ギュービッドのウンチクは、上《うえ》から目線《めせん》すぎて、むだに長《なが》かったのでまとめると。
・数秘術《すうひじゅつ》は、もともと、古代《こだい》ギリシャの数学者《すうがくしゃ》ピタゴラスがはじめたといわれている。

・とくに有名《ゆうめい》なのが『カバラ数秘術《すうひじゅつ》』で、いまも、誕生日占《たんじょうびうらな》いによく使《つか》われている。

「つまり、誕生日《たんじょうび》さえわかれば、見《み》ず知《し》らずの人《ひと》のことだって、わかるってことなんだよ。たとえばだ……。」

ギューピッドは、本《ほん》だなから青《あお》い鳥文庫《とりぶんこ》を一冊取《さつと》りだすと、最後《さいご》のページを開《ひら》いた。

「この作家《さっか》は、1958年《ねん》3月《がつ》21日《にち》生《う》まれ。そこで、それぞれの数字《すうじ》をぜんぶたしてみると、29になる。」

計算《けいさん》はやっ。でも、なんか、うそっぽいから、たしかめてみようっと。

1+9+5+8+3+2+1は……。ええっと……。あ、ほんとだ、29だ。

「チョコ、おまえ、六年生《ねんせい》にもなって、たし算《ざん》おそすぎだぞ。」

す、すいません。ああ、やっぱり、すこしはまじめに勉強《べんきょう》したほうがいいね……。

「つぎに、そのこたえの数字《すうじ》、つまり、いまの場合《ばあい》は29だから、2と9をたす。そうやって、ひとケタの数字《すうじ》になるまで、くりかえす。」

はいはい。では、2+9は……。11。まだふたケタだから、1と1をたして……。

「たさなくていい!」

は？　でも、さっき、ひとケタになるまで、たし算《ざん》をしろって……。

「11のときはいいの！　あと22と33のときも！」

なんで？

「そう決《き》まってるからだよっ。カバラ数秘術《すうひじゅつ》では、11、22、33みたいに、おなじ数字《すうじ》がふたつならぶと『マスターナンバー』といって、とくべつな数字《すうじ》になるの。」

ほう。ってことは、この作家《さっか》さんも、なにかとくべつなことがあるわけ？

「アリアリの大《おお》アリクイ！　カバラでは11は魔術師《まじゅつし》の数字《すうじ》といわれている。つまり、こいつは魔法使《まほうつか》いだな。」

そんなバカな！　たしかに、この作家《さっか》さんは、魔法《まほう》とか魔女《まじょ》のお話《はなし》をよく書《か》いているけど、ふつうのおじさんらしいよ。

「人《ひと》はみかけによらないの。おまえだって、みためはただのへちゃむくれだけど、いちおう黒魔女《くろまじょ》だろ。」

そ、そういわれると……。

「これでわかっただろ。数字《すうじ》にはとくべつな魔力《まりょく》があるんだよ。だから……。」

ギュービッド、そこで、窓《まど》のむこうの大形《おおがた》くんをじろり。

「大形《おおがた》の家《いえ》の車《くるま》のナンバーも、あたしが決《き》めたほうがいいな。」

こんどは車《くるま》のナンバー？　もう、ぜんぜん話《はなし》についていけないんですけど……。

「だぁかぁらぁ！　大形《おおがた》からもれる魔力《まりょく》のせいで、車《くるま》のナンバーに不吉《ふきつ》な呪《のろ》いがかかるかもしれないってことだよ。たとえばだよ、高《たか》いお金《かね》を出《だ》して買《か》った車《くるま》のナンバーが『１５６４』だったら、どうするんだ？」

え？　そのナンバーに、なにか問題《もんだい》でも？

「わからないのか？　１５６４《ひとごろし》だぞ。」

がくっ。ただの語呂合《ごろあ》わせじゃないの。しかも、かなりむりがある……。

「語呂合《ごろあ》わせこそ、数字《すうじ》の魔術《まじゅつ》なの。だから、温泉旅館《おんせんりょかん》の電話番号《でんわばんごう》を『４１２６《よいふろ》』にしたり、『おそ松《まつ》くん』の家《いえ》の電話番号《でんわばんごう》を『６９７４《ろくでなし》』にしたりするんだよ。」

あのう、急《きゅう》に電話番号《でんわばんごう》の話《はなし》に変《か》わってませんか？

「そうだねぇ。それに、車《くるま》のナンバーは、数字《すうじ》の前《まえ》に、ひらがながつくねぇ。」

「んなこたぁ、わかってんの！　それどころか、おまえが車《くるま》のナンバーを『み７５６４』

にしようとしていることだって、ちゃーんとお見通《みとお》しなんだからなっ。」

『み７５６４』？　あ、『みなごろし＝皆殺《みなごろ》し』か。

く、くだらん。もはや、語呂合《ごろあ》わせというより、ブラックなオヤジギャグ……。

「ようし、なんとかして、あたしが縁起《えんぎ》のいいナンバーをつけてやらなくちゃな。……そうだ、『お１１８８』ってどうかな。『おっ、いいパパ』とも読《よ》めるし、『おっ、いい母《はは》』とも読《よ》めるしな。それとも『お１１２２』で、『おっ、いい夫婦《ふうふ》』はどうだ？」

そういうあなたが、『おっ、ひまだね。』って感《かん》じですっ。

とにかく、昼練《ひるれん》もおわりの時間《じかん》だし、あたしは学力《がくりょく》テストのための勉強《べんきょう》をさせていただきますので。

って、なにをしようかな。算数《さんすう》はむずかしいし、ちょっとやる気《き》が出《で》ないよね。ま、自《じ》分《ぶん》からするはじめてのテスト勉強《べんきょう》だもの、最初《さいしょ》はむりせず、漢字《かんじ》の復習《ふくしゅう》ぐらいから……。

「千代子《ちよこ》ぉ～。ちょっとおねがいがあるんだけど、来《き》てくれな～い？」

あ、ママだ。おねがいって、きっと、お買《か》い物《もの》に行《い》ってきてほしいっていうんでしょ。

あーあ、せっかく勉強《べんきょう》しようと思《おも》ったのに。でも、しょうがないなぁ。お勉強《べんきょう》より、お家《うち》のお手《て》つだいのほうがだいじだもんね〜。

★

というわけで、十分後《ぷんご》、あたしはおでかけ。

でも、むかっているのはイシダヤショッピングセンターではなく、バスの停留所《ていりゅうじょ》。

なぜかというと……。
一　四〜五月《がつ》の紫外線《しがいせん》は、八〜九月《がつ》にかけてとおなじくらい強烈《きょうれつ》である。
二　日焼《ひや》け対策《たいさく》には、日焼《ひや》け止《ど》めと日傘《ひがさ》は、ぜったいに必要《ひつよう》である。
三　ところが、きのう、ママはバスのなかに、日傘《ひがさ》をわすれてきてしまった。
「バスの営業所《えいぎょうしょ》に電話《でんわ》をしたら、ちゃんと保管《ほかん》してくれてるんだって。だから千代子《ちよこ》、わるいけど、取《と》ってきてくれない？」

「えー？　ママが行《い》ってくればいいじゃない。自分《じぶん》の日傘《ひがさ》なんだから。」

「だって、今日《きょう》はよく晴《は》れているでしょ。日焼《ひや》けしちゃったら、どうするのよ？」

娘《むすめ》が日焼《ひや》けするのは、いいんですかっ。とはいえず。

だって、先週《せんしゅう》の家庭訪問《かていほうもん》では、ママにめいわくをかけたからね。罪《つみ》ほろぼしです、はい。

しかし、こまったのは、バスがなかなかこないこと。

いや、バスは来《く》るんだよ。でも、なぜだか『回送《かいそう》』ばっかりなの。

遠《とお》くにバスのすがたがみえて、「あ、来《き》たぁ。」って、行《い》き先《さき》を見《み》あげると『回送《かいそう》』。

さっきから、そのくりかえしで、もう、うんざり。

あーあ、本《ほん》でももってくればよかったよ。めっちゃ、ひま……。

ん？　いまとおった車《くるま》のナンバー『5963』だったね。なんか、『ご苦労《くろう》さん。』って、感《かん》じだね。

おっ、こんどは『4989』だって。それって、『四苦八苦《しくはっく》』って読《よ》めない？　なんか、たいへんそうだねぇ。呪《のろ》いでもかけられましたかぁ～？

いや、こうしてみると、車《くるま》のナンバーっておもしろいね。ギューピッドの話《はなし》なんか、信《しん》じてないけど、語呂合《ごろあ》わせは、ひまつぶしとして、けっこうたのしいです。

あ、『け2323』っていうのが、来《き》たよ。これは、なんて読《よ》めるかなぁ。

むむっ？　運転《うんてん》してたおじさん、頭《あたま》がはげてなかった？

ってことは、そうだ！　『毛《け》、ふさふさ〜。』ってどう？　なんか皮肉《ひにく》な感《かん》じ〜。

そのうしろの車《くるま》は『み7458』。うーむ……。

あ、『みなしごハッチ』ってどう？　『母《はは》をたずねて三千里《さんぜんり》』のミツバチバージョンみたいな、むかしのアニメでーす！　知《し》らないかたは調《しら》べてみてくださーい！

いやあ、たのしすぎるね、これ！　つぎはなに？

『し・219』

……うーん、むずかしいね。『し』は『死《し》』とか？　つぎは『2』だから『死《し》に』……。

って、いかんいかん。黒魔女修行《くろまじょしゅぎょう》のせいか、不吉《ふきつ》なことばばっかり思《おも》いつく……。

ブワァン！

わあっ、びっくり！　クラクションを鳴《な》らされた！

顔《かお》を上《あ》げると、すぐそこにバスがせまっていた。でも、見《み》あげると、行《い》き先表示《さきひょうじ》は、やっぱり『回想《かいそう》』。なので、とうぜん、目《め》の前《まえ》をすどおり。

って、あれ？　バスにだれか乗《の》ってない？

ほら、いちばんうしろの席《せき》に、男《おとこ》の人《ひと》、っていうか、男《おとこ》の子《こ》がひとり、乗《の》ってるよ。

え？　あの髪型《かみがた》、もしかして、東海寺《とうかいじ》くんじゃない？

うしろ姿《すがた》だけだから、はっきりとはわからないけど、でも、白装束《しろしょうぞく》だったし。

あ、もしかして、山《やま》での修行《しゅぎょう》から帰《かえ》ってきたところなのかな？

いや、でも、回送《かいそう》バスには乗《の》れないはず……。うーむ……。

2 失《う》せ物《もの》さがしは霊能者《れいのうしゃ》の基本《きほん》

とりあえず、月曜《げつよう》になりました。なので、学校《がっこう》に行《い》ったのですが……。

「さあ、みんな、今週《こんしゅう》もはりきっていこうぜ～！」

松岡先生《まつおかせんせい》、朝《あさ》の会《かい》から、なぜだかやたらにハイテンションで。

「だって、みんな。あさっての水曜日《すいようび》は、いよいよ全国学力《ぜんこくがくりょく》テストじゃないか～！」

「どうして、テストだと、先生《せんせい》はうれしいんですか？」

おっ、須々木凛音《すすきりんね》ちゃん。それはいい質問《しつもん》です。あたしも、そこが知《し》りたいです。

「では、占《うらな》ってみましょう！」

ありゃ、如月星羅《きさらぎせいら》ちゃん。占《うらな》いマニアだけあって、早《はや》くもつくえの上《うえ》に水晶玉《すいしょうだま》を出《だ》しちゃってます。でも、先生《せんせい》のこたえを聞《き》けばすむことなので、占《うらな》う必要《ひつよう》はないんじゃ……。

「テストの日《ひ》　先生《せんせい》、生徒《せいと》を　みてるだけ。」

あのう、そもそも、それは占《うらな》いではなく、ただ事実《じじつ》をのべただけなのでは？

でも、わかりました。松岡先生《まつおかせんせい》が全国学力《ぜんこくがくりょく》テストをたのしみにしているのは、授業《じゅぎょう》をしなくていいからなんだね。

「それにしても、全国学力《ぜんこくがくりょく》テストって、そもそもなんなのかしら？」

伊集院麗華《いじゅういんれいか》ちゃん！　五年生《ねんせい》のときは、青白《あおじろ》い顔《かお》の病弱美少女《びょうじゃくびしょうじょ》キャラだったけど、ことしは百人一首《ひゃくにんいっしゅ》クラブの部長《ぶちょう》さんになったせいか、声《こえ》にも元気《げんき》があって、よかったdeath《です》。

「全国学力《ぜんこくがくりょく》テストは、小《しょう》六と中《ちゅう》三の学力《がくりょく》を調《しら》べるために国《くに》によっておこなわれるテストのことで、正式《せいしき》には『全国学力《ぜんこくがくりょく》・学習状況調査《がくしゅうじょうきょうちょうさ》』という。」

さっそく出《で》ました、鈴木薫《すずきかおる》さんのウンチク。ってことは……。

「ねえちゃん、すごい！　メモメモ！」

はい、鈴木重《すずきじゅう》くん、今週《こんしゅう》も元気《げんき》ですね。

「小咄《こばなし》、その一！」

うわっ、こんどは七福亭笑多《しちふくていしょうた》くんだ。人気落語家《にんきらくごか》さんのお父《とう》さんをめざして、ことしも修行中《しゅぎょうちゅう》のようですが、すこしはおもしろくなったのでしょうか？

「『テストじゃなくて〝調査《ちょうさ》〟なら、わざわざそのための勉強《べんきょう》なんか、しなくていいんじゃないですかね？』『うん、ちょうさ』。」

去年《きょねん》より、さらにつまらなく、意味不明《いみふめい》になっているようです。

それにしても、先生《せんせい》だけじゃなくて、みんなも元気《げんき》なんだね。あたしは、いくら、ただの調査《ちょうさ》だといわれても、テストってことばを聞《き》いただけで、気《き》が重《おも》い……。

「心配《しんぱい》するな、黒鳥《くろとり》。黒鳥《くろとり》がわからないところは、おれがこたえをみせてやるから。」

ちょ、ちょっと、麻倉《あさくら》くん。そういうことといわないで。今週《こんしゅう》から、東海寺《とうかいじ》くんが復活《ふっかつ》しているんだから……。

「だまれ、麻倉《あさくら》！　黒鳥《くろとり》はだいじなパートナーなんだ。こたえをみせるのは、おれだ！」

ああ、やっぱり……。

「だいじなパートナー？　黒鳥《くろとり》のこと、一週間《しゅうかん》もほったらかしにして、よくいうぜ！」

「それも黒鳥《くろとり》のためさ！　黒鳥《くろとり》を守《まも》るために、霊力《れいりょく》をパワーアップしてきたんだよ！」

「守《まも》るっていうのは、おれみたいに、かたときもそばをはなれないってことなんだよ！」

「そばにいたって、黒鳥《くろとり》におそいかかる魔物《まもの》を追《お》いはらえなきゃ、意味《いみ》ないんだよ！」

もうっ！　みんなの前《まえ》で、そういうことというの、やめてください！

それにしても、こうしてまた、クラス全員《ぜんいん》がそろってみると、一組《くみ》って、五年生《ねんせい》のときから、ちっとも変《か》わってないような気《き》がする……。

「さあ、今日《きょう》の国語《こくご》は、ぬきうちで、漢字《かんじ》テストからはじめるぞ～！」

「えーっ！」

「聞《き》いてないよー！」

「ああ、いいなぁ、その『えーっ！』という声《こえ》。それが聞《き》きたくて、先生《せんせい》、教師《きょうし》の仕事《しごと》を選《えら》んだんだよ～。」

そのセリフ、一年《ねん》まえにも聞《き》いたことがあるような。松岡先生《まつおかせんせい》も、去年《きょねん》からまったく成《せい》長《ちょう》してないようで。

って、そんなことより、やっぱり、きのう、漢字《かんじ》のお勉強《べんきょう》しとけばよかった……。

ふだん自主的《じしゅてき》に勉強《べんきょう》なんかしないあたしが、急《きゅう》に漢字《かんじ》の練習《れんしゅう》をしようと思《おも》ったのは、きっと虫《むし》の知《し》らせだったんだよ。なのに、ママのおつかいで、それもできず……。

ためいきをついているうちに、テスト用紙《ようし》が配《くば》られていく。なんでも、全国学力《ぜんこくがくりょく》テストにむけて、先生《せんせい》がとくべつに作《つく》った問題《もんだい》だそうで。

で、「はじめ」の合図《あいず》に、問題《もんだい》をみてみると……。

つぎの漢字《かんじ》によみがなをつけなさい。

1　妖怪変化（　　）や　魑魅魍魎（　　）が　跋扈する（　　）　怪事件（　　）が起《お》きた。

わ、わからん。一問《もん》めから、圧倒的《あっとうてき》にわからん！

だけど、ほんとにこんなのがテストに出《で》るの？　みためからして、すでに小学校《しょうがっこう》の漢字《かんじ》じゃないのが、みえみえなんですけど……。

「チヨコ、頭《あたま》わるい～。最初《さいしょ》が『ようかい』だってことぐらい、小学生《しょうがくせい》の常識《じょうしき》だよぉ。」

うわっ、メグに漢字《かんじ》のことでバカにされた！

あたしだって、『ようかい』ぐらい読《よ》めます！　でも、『ようかいへんか』なんて、ことばあったっけ？

「『へんげ』だよ、黒鳥《くろとり》……。『ようかいへんげ』……。」

は？　左《ひだり》のほうから聞《き》こえるひそひそ声《ごえ》は、麻倉《あさくら》くん？　ってことは……。

「そのつぎは『ちみもうりょう』って読《よ》むんだ、黒鳥《くろとり》……。」

ああ、やっぱり、東海寺《とうかいじ》くんがはりあってきましたか……。

「東海寺《とうかいじ》、口《くち》からでまかせはやめろ。ウソのこたえでめいわくするのは黒鳥《くろとり》なんだぞ！」

「おれは黒鳥《くろとり》を守《まも》る霊力《れいりょく》をつけるために、山《やま》で、魑魅魍魎《ちみもうりょう》と戦《たたか》う修行《しゅぎょう》をしたんだよ！」

しずかにしてくださいっ。みんなに聞《き》こえたら、カンニングとまちがえられちゃうじゃないの！　あたし、春休《はるやす》みに魔界《まかい》でカンニングをうたがわれて、ひどいめにあったんだから！

もう、いいです。一番《ばん》はとばして、二番《ばん》にいって……。


（　）（　）（　）（　）
2　訓読みの「訓」の字《じ》は音読みだって、知ってた？

なに、このウンチクを語《かた》るみたいな問題文《もんだいぶん》は……。

3（　）（　）（　）鏡をまたぐと、不幸なことが起《お》きるって、知ってた？

4（　）（　）（　）（　）柿の木《き》から落ちると三年後《ねんご》に死ぬって、知ってた？


しかも、ウンチクが、どんどん不吉《ふきつ》な方向《ほうこう》にむかってる！

みんなもあぜんとしているのか、教室《きょうしつ》は水《みず》をうったようにしずまりかえり……。

「ああっ！」

わあっ！　楠木《くすのき》こころちゃん！　急《きゅう》に大声《おおごえ》を出《だ》さないでください。

「だって、消《け》しゴムがなくなっちゃったんです。たしかに、ここにあったのに、まるであの世《よ》へすいこまれたみたいに、すうっと消《き》えちゃって……。」

そんなバカな。ただ、つくえから落《お》ちただけでしょ。こころちゃん、松岡先生《まつおかせんせい》のへんな問題《もんだい》に、心《こころ》をみだされちゃったんだね。

「ほんとよ！ だって、つくえのまわりをさがしても、消《け》しゴム、どこにもないし……。」

まゆげをハの字《じ》にしているこころちゃんに、松岡先生《まつおかせんせい》が近《ちか》づいて。

「まあ、おちつけ、楠木《くすのき》。おい、岩田《いわた》、ちょっと消《け》しゴム、貸《か》してやれ。」

「えー。で、でも、消《け》しゴムはこすれば、すりへるし……。」

ええぇ〜？ 横綱《よこづな》、それはケチすぎるのでは？ それもオカルト級《きゅう》のケチ……。

「ケチということばは、『怪事《けじ》』がなまったものである。」

あ、鈴木薫《すずきかおる》さん……。

「『怪事《けじ》』、つまり『怪《あや》しい事《こと》』が起《お》こるのは、不吉《ふきつ》で縁起《えんぎ》がわるいことから、ものごとがうまくいかないことを『ケチがつく』というようになったのである。」

ほう！ さすがは薫《かおる》さん！ 松岡先生《まつおかせんせい》のおしつけがましいウンチクなんかとは、くらべものにならないぐらい、勉強《べんきょう》になります！

さあ、重《じゅう》くん！　テスト中《ちゅう》ではありますが、例《れい》のやつを元気《げんき》よくおねがいします！

「ねえちゃん、すごい！　メモメ……。」

あれ？　どうしたの？

「な、ない！　メモがない！」

はあ？　あ、重《じゅう》くんの右手《みぎて》にはえんぴつがにぎられているけど、左手《ひだりて》はからっぽ。いったい、どうしたっていうの？

「だから、いってるじゃないか！　メモがないんだよ！　消《き》えたんだよ！」

「まさかぁ！　そのへんに落《お》ちてるんじゃない？」

でも、重《じゅう》くんは、いがぐり頭《あたま》を、ぶるぶるっとふってる。あんまりはげしすぎて、そのまま三百六十度《ど》、首《くび》が回転《かいてん》しちゃうんじゃないかっていうぐらいのいきおいで。

「落《お》ちたら、すぐに気《き》がつくはずだよ！　みんなのノートとは、みためが、ぜんぜんちがうんだ！　大学職員《だいがくしょくいん》の父《とう》ちゃんが大学生協《だいがくせいきょう》で買《か》ってきてくれる、むかしながらの大学《だいがく》ノートなんだから！」

い、いま、大学《だいがく》ってことば、何回出《なんかいで》てきた？

とにかく、さすがはウンチクノート。大学《だいがく》で使《つか》うノートを使《つか》ってるんだね！

「ああっ、いったいどこに行《い》ったんだろ……。」

重《じゅう》くん、まっさおなお顔《かお》で、教室《きょうしつ》をうろうろ。そこへ松岡先生《まつおかせんせい》が近《ちか》づいて。

「いまはテスト中《ちゅう》だし、とりあえず、さがすのは休《やす》み時間《じかん》になってからにしようか。」

「そうはいかないよ！　ねえちゃんのウンチク、早《はや》くメモしないとわすれちゃうもの！」

「そのことなら、先生《せんせい》がいま書《か》きとめておくから、あとで写《うつ》せばいい。ええっとなんだっけ。『ケチ』ってことばは『怪事件《かいじけん》』がなまったものである。いや、なんかちがうな。」

えらそうにいったわりには、先生《せんせい》、さっそくわすれちゃったみたい。でも、記憶《きおく》なんて、そんなものだよね。だから、すぐに書《か》きとめたほうがいいわけで。

「『ようかいへんげ』だっけ？　ちがう。『ちみもうりょう』？　『ばっこする』？」

そこで、エロエースが、すくっと立《た》ちあがって。

「おい、みんな！　いま先生《せんせい》が、テストの一番《ばん》のこたえをいっちゃったぞ！」

なんですって？　あ、ほんとだ。

（ようかいへんげ）（ちみもうりょう）（ばっこ）（かいじけん）

1　妖怪変化　や　魑魅魍魎　が　跋扈する　怪事件が起《お》きた。

「わーい、やったー！」

「こたえをメモメモしようぜ！」

もちろん、あたしもメモメモメモ。

「みんな、しずかに！　まだ、テスト中《ちゅう》よ！　授業中《じゅぎょうちゅう》なのよ！」

学級委員《がっきゅういいん》の舞《まい》ちゃん、大声《おおごえ》をあげてるけど、だれひとりとしていうことを聞《き》かず。

「ああ、これこそ『怪事《けじ》』よ！　授業《じゅぎょう》に『ケチ』がついたんだわ！」

さすがは舞《まい》ちゃん。薫《かおる》さんのウンチクを、正確《せいかく》におぼえていたようです。

ともかく、六年《ねん》一組《くみ》はすっかり大混乱《だいこんらん》。松岡先生《まつおかせんせい》もすっかりこまってしまって。

「しかたない。とりあえず、テストは中止《ちゅうし》だ。みんな、楠木《くすのき》の消《け》しゴムと、鈴木重《すずきじゅう》の大学《だいがく》ノートをさがしてやってくれ。」

「ちょっとまったぁ！」

え？　と、東海寺《とうかいじ》くん。いったいどうしたの、イスの上《うえ》にのっちゃったりして。

「みんなはすわってろよ。消《け》しゴムも、大学《だいがく》ノートも、おれがさがしてみせるから！」

すると、麻倉《あさくら》くんも、両手《りょうて》をポケットにつっこんで立《た》ちあがり、東海寺《とうかいじ》くんをギロリ。

「おいおい東海寺《とうかいじ》、黒鳥《くろとり》にいいところをみせたい気持《きも》ちはわかるけど、あんまりむりしないほうがいいぞ。」

「ご親切《しんせつ》にどうも。でも、残念《ざんねん》だな、麻倉《あさくら》。失《う》せ物《もの》さがしは、霊能者《れいのうしゃ》にとって基本《きほん》の『き』。楽勝《らくしょう》なんだよ。」

不敵《ふてき》な笑《え》みをうかべた東海寺《とうかいじ》くん、目《め》をらんらんと光《ひか》らせて、麻倉《あさくら》くんをにらみかえした。それから、その目《め》は、あたしのほうにむいて。

「黒鳥《くろとり》、みててくれよ、おれの山《やま》での修行《しゅぎょう》の成果《せいか》を。」

え？

「おれ、まっ暗《くら》な山《やま》のなかで、妖怪変化《ようかいへんげ》や魑魅魍魎《ちみもうりょう》にかこまれて、霊能力《れいのうりょく》をみがいてきたんだ。黒《くろ》い霊力《れいりょく》の持《も》ち主《ぬし》の黒鳥千代子《くろとりちよこ》に、ふさわしいおれになるためにな！」

そんな高《たか》いところから、クラス全員《ぜんいん》の前《まえ》で、そういうことといわないでほしい……。

でも、そんなあたしにはかまわず、東海寺《とうかいじ》くんは、両手《りょうて》をへんな形《かたち》に組《く》むと、すうっと目《め》を閉《と》じて。

「ノウマク・サマンダ・ボダナン・サラバ……」

あれ？　いままでの呪文《じゅもん》とちがうような……。

「タタギャタバロキタ・ギャロダ・マヤ……」

組《く》んだ両手《りょうて》が、はげしく動《うご》きはじめた。それに合《あ》わせるように、声《こえ》もどんどん大《おお》きくなっていく。やがて、かっと目《め》を見《み》ひらくと。

「オン・アロリキャ・ソワカ！」

3 東海寺《とうかいじ》で東海寺《とうかいじ》くんとふたりっきり!?

「ただいま〜!」

お家《うち》に帰《かえ》ると、あたしは、すぐに階段《かいだん》をかけあがり。

「ねえねえ、ギューピッドさま! 聞《き》いてよ!」

でも、ギューピッドったら、あたしのベッドにあぐらをかいたまま、顔《かお》を上《あ》げず。

「なんだよ、うるさいなぁ。いま『なかよし』の最新号《さいしんごう》を読《よ》むのでいそがしいの!」

「そんなの、あとでも読《よ》めるでしょ。それより、すごいニュースがあるんだよ!」

あたしは、ランドセルをつくえにおくと、学校《がっこう》でのできごとを報告《ほうこく》。

最初《さいしょ》のうち、ギューピッドは、気《き》のなさそうに聞《き》きながしていたんだけど、話《はなし》が、麻倉《あさくら》くんと東海寺《とうかいじ》くんのにらみあいのところまできたとたん。

「おおっ、恋《こい》のへちゃむくれ争奪戦《そうだつせん》も、そこまできたのか!」

「ギューピッドさま、問題《もんだい》はそこじゃなくて、そのあと……。」

「そのあとなんか、どうでもいいの。チョコ、東海寺《とうかいじ》がハデに恥《はじ》をかいてくれたんだ。この機会《きかい》に麻倉《あさくら》のガールフレンドになれ。そしたら、超《ちょう》レアものバービー人形《にんぎょう》も、おまえのもの。で、おまえのものは、あたしのものだから、バービーもあたしのもの！」

どうして、この黒魔女《くろまじょ》、自分《じぶん》のつごうのいいようにしか、考《かんが》えないのでしょうか。

「ギューピッドさま、よく聞《き》いて。東海寺《とうかいじ》くんはね、みごとにさがし物《もの》を見《み》つけたの。」

「まったまたぁ。チョコ、あたしをだまそうたって、そうはいかないぜ。」

「ほんとなんだって。あのね……。」

あたしは、東海寺《とうかいじ》くんが、呪文《じゅもん》、いや、正確《せいかく》にいうと聖観音《しょうかんのん》の真言《しんごん》とかいうものを唱《とな》えおわったあとのことを、目《め》にみえるように、語《かた》ってあげた。

「楠木《くすのき》さんの消《け》しゴムは、あそこだ！」

イスの上《うえ》に仁王立《におうだ》ちになった東海寺《とうかいじ》くん、教室《きょうしつ》の前《まえ》のほうをゆびさしている。そこには、金魚《きんぎょ》を飼《か》っている水《すい》そうと、それをのせているつくえがひとつ。

「え？　あんなところに？　あたしのつくえからは、かなり遠《とお》いのに……。」

首《くび》をひねりながら、水《すい》そうに近《ちか》づくこころちゃん。そこへまた、東海寺《とうかいじ》くんが、

「楠木《くすのき》さん、つくえの脚《あし》とかべのすきまをみてごらん。」

いわれたとおり、こころちゃん、しゃがみこんで、頭《あたま》をかべにくっつけるようにして、せまいすきまをのぞいてみると。

「あった！　ほんとにあった！」

これには、もう、みんな、びっくり。

だって、消《け》しゴムを落《お》としたときって、なんでこんなところまでころがったの、っていうくらい離《はな》れた場所《ばしょ》で見《み》つかることって多《おお》くない？　まして、教室《きょうしつ》のすみのかべとつくえのすきまに入《はい》りこむなんて、想像《そうぞう》すらしないはず。それを、一発《いっぱつ》でいい当《あ》てるなんて、信《しん》じられない……。

でも、それだけではおわらなかった。東海寺《とうかいじ》くん、すぐにまた、大声《おおごえ》をあげて。

「鈴木重《すずきじゅう》！　おまえの大学《だいがく》ノートはそこだ！」

東海寺《とうかいじ》くんが、ゆびさしたのは、重《じゅう》くんの手《て》さげバッグ。

「そのなかのチャックのついたポケットをみろ！」

いわれたとおり、重《じゅう》くんは、バッグを手《て》にすると、チャックをちゃっと開《ひら》いた。

「わあ、あった！　ねえちゃん、あったよ！」

「ああ、よかった！　ほんとによかったね、重《じゅう》……。」

重《じゅう》くんと薫《かおる》さん、だきあって涙《なみだ》を流《なが》してる。それぐらいたいせつなものだったんだね。

「このように、身近《みぢか》なことに気《き》づかないことを『灯台下暗《とうだいもとくら》し』という。この場合《ばあい》の灯台《とうだい》は、ろうそくなど明《あ》かりを立《た》てる台《だい》のことで、港《みなと》などにある灯台《とうだい》のことではない。」

「ねえちゃん、すごい……。メモメモ……。」

「でも、いまは東海寺《とうかいじ》くんのほうが、ずっとすごいわよ！」

そう声《こえ》をあげたのは、新聞部部長《しんぶんぶぶちょう》の桜都愛花《おうとあいか》ちゃん。

「これは大《だい》スクープよ！　見出《みだ》しは『やっぱり東海寺《とうかいじ》くんは霊能者《れいのうしゃ》だった！』ね！」

カシャカシャと、デジカメのシャッターをきりまくる音《おと》に、みんな、夢《ゆめ》からさめたかのように騒《さわ》ぎだした。とくに女子《じょし》たちは、あっというまに、東海寺《とうかいじ》くんを取《と》りかこんで。

「東海寺《とうかいじ》くん、むかし、おばあちゃんにもらったビーズ、なくしちゃったの。どこにあるのか、占《うらな》ってくれない？」

須々木凜音《すずきりんね》ちゃんが、そう声《こえ》をあげると、うしろからはマリアちゃんが、

「ホンコンで買《か》ってもらったヌンチャク、マリア、ずっとサガシテマス。オス！」

その足《あし》のあいだから、ぬっと顔《かお》があらわれて、

「アイスの当《あ》たりの棒《ぼう》をなくしたから、さがして！　里鳴《りお》、アイスも大好《だいす》きぃ。」

さらに、どこかから、ひらひらドレスがあらわれて。

「池《いけ》に落《お》とした金《きん》の斧《おの》をさがして〜。」

霧月姫香《きりつきひめか》ちゃん！　いくらメルヘン少女《しょうじょ》だからって、うそはだめです！

「じゃあ、銀《ぎん》の斧《おの》〜。」

だから、うそはだめですって。

「あたしがなくしたのも、ゴールドのアクセなんだけどぉ。」

あ、メグ……。

「ブシュロンのセルパンボエム・バングルが、見《み》あたらないんだよぉ。どこだと思《おも》う？」

な、なにそれ？

ねえ、メグ。女子《じょし》のあたしにもわからないもの、いくら東海寺《とうかいじ》くんでもさがしようがないのでは？

「じゃあ説明《せつめい》するけど、ブシュロンはパリのジュエリーのメゾンで、お店《みせ》があるのはヴァンドーム広場《ひろば》二十六番地《ばんち》なんだよぉ。バングルは、ブレスレットのことでぇ……。」

ああ、カタカナばっかりで、よけいにわからなくなってきた……。

「だいじょうぶだよ、黒鳥《くろとり》さん。なくしたものがわからなくても、どこにあるかさえ、わかればいいんだから。」

と、東海寺《とうかいじ》くん……。

「でも、みんな。そんなにいっぺんにいわれると、さすがのおれも、すぐにはさがせないんだ。あしたまで、待《ま》ってくれるかな。朝《あさ》の会《かい》のまえに、ぜんぶこたえてやるよ！」

どう？　すごくない？

じつはね、あたしも、あした、東海寺《とうかいじ》くんにたのんでみようと思《おも》ってるんだ。

七色《なないろ》のロケットえんぴつをもってるんだけど、ピンク色《いろ》のしんが、なくなっちゃったんだよ。でも、それだけ買《か》うわけにはいかないし、しんが一個《こ》ないと、めっちゃ使《つか》いにくいし。だから、東海寺《とうかいじ》くんにさがしてもらおうと……。

「アホ、バカ、マヌケ、おたんこなす、すっとこどっこい、恥知《はじし》らず、世間知《せけんし》らず、ネコいらず！」

な、なによ、いきなり！

っていうか、「××知《し》らず」が、最後《さいご》だけ「いらず」になってたような。

「んなこたぁ、どうでもいいの！　あたしがいいたいのは、いくら、おまえがドジでのろまで低級《ていきゅう》な黒魔女《くろまじょ》でも、失《う》せ物《もの》さがしをたのむなんて、はずかしくないのかってことなの！」

大声《おおごえ》で「ドジでのろまで低級《ていきゅう》」っていわれるほうが、ずっとはずかしいです。

「しょうがないだろ。東海寺《とうかいじ》に失《う》せ物《もの》さがしができるなんて思《おも》いこむところが、ドジでのろまな低級黒魔女《ていきゅうくろまじょ》だっていう証拠《しょうこ》なんだから。」

え？　だって、東海寺《とうかいじ》くんは、ほんとにこころちゃんと重《じゅう》くんの……。

「だぁかぁらぁ、それは、東海寺《とうかいじ》の霊能力《れいのうりょく》じゃなくて、大形《おおがた》のおかげなの！」

ど、どうして、急《きゅう》に大形《おおがた》くんが出《で》てくるのよ？

「いいか。いくら先祖《せんぞ》が陰陽師《おんみょうじ》だからって、しょせんは人間《にんげん》なの。インチキ霊能者《れいのうしゃ》なの。ただし、そこに、もれもれ状態《じょうたい》の大形《おおがた》の魔力《まりょく》が影響《えいきょう》すれば、話《はなし》はべつだ。」

な、なるほど。たしかに、教室《きょうしつ》に、大形《おおがた》くんはいたんだものね。

先週《せんしゅう》は、そのおかげで、あたしもひどいめにあったわけだし……。

「でも、ギュービッドさま。女子《じょし》たちのおねがいを、東海寺《とうかいじ》くん、あしたまで待《ま》ってほしいっていったんだよ。それって、お家《うち》で、っていうか、お家《うち》はお寺《てら》だけど、とにかくそこで失《う》せ物《もの》さがしをするってことでしょ。でも、そこには、大形《おおがた》くんの魔力《まりょく》はないから……。」

「そ。だから、あしたこそ、東海寺《とうかいじ》はとんちんかんなこたえをいって、大恥《おおはじ》をかくの。そして、おまえは麻倉《あさくら》のガールフレンドになり、超《ちょう》レアものバービー人形《にんぎょう》はおまえのもので、おまえのものは、あたしのものだから、バービーもあたしのものになる！」

もう、そればっかり。

だけど、もしそうなら、東海寺《とうかいじ》くん、かわいそう……。

「ねえ、ギュービッドさま。今日《きょう》の午後練《ごごれん》、東海寺《とうかいじ》くんのようすをみてくるっていうのは、だめ？　ほんとうに東海寺《とうかいじ》くんには霊能力《れいのうりょく》はないかどうか、たしかめたいんだけど。」

「ああ、いいぜ。それなら、あたしも『なかよし』の最新号《さいしんごう》を読《よ》めるしな。」

あきれた。『親身《しんみ》の指導《しどう》』で『わかるまでおしえる』って、えらそうにいってるくせに、ほんとはマンガのほうがたいせつなんだね。

でも、いいです。それなら、あたしも心《こころ》おきなく、東海寺《とうかいじ》くんのようすをさぐることができますから。ほんじゃあ、いってきまーす！


というわけで、三十分近《ぷんちか》く歩《ある》いて、ようやく『東海寺《とうかいじ》』に到着《とうちゃく》。

ここに来《く》るのは、かなりひさしぶり。でも、あいかわらず、お寺《てら》はぼろぼろだね。

東海寺《とうかいじ》くんのお家《うち》はお寺《てら》といっても、ふつうのお寺《てら》とはちがって、お葬式《そうしき》とか法事《ほうじ》とか、お経《きょう》をあげたりはしないの。失《う》せ物《もの》さがしとか、悪霊退散《あくりょうたいさん》とか、占《うらな》いとか、霊能者《れいのうしゃ》がやるようなことをやって、お金《かね》をもらうらしい。

近所《きんじょ》に住《す》む、井江田照蔵《いえたてるぞう》さんっていうおじいさんのお話《はなし》では、東海寺《とうかいじ》くんのおじいさんは、すごい霊能力者《れいのうりょくしゃ》で、東海寺《とうかいじ》にもたくさんの人《ひと》がやってきたんだって。

だけど、その息子《むすこ》、つまり、東海寺《とうかいじ》くんのお父《とう》さんには霊能力《れいのうりょく》はまったくないらしく、なにをやってもききめゼロ。それで、このお寺《てら》もすっかりさびれたそうで……。

「だいじょうぶ。東海寺《とうかいじ》は、おれが立《た》てなおすから。」

「えっ？　あ！　と、東海寺《とうかいじ》くん……。」

いつのまにあらわれたのか、あたしのうしろに、白装束《しろしょうぞく》の東海寺《とうかいじ》くんが立《た》っていて。

「黒鳥《くろとり》が来《く》るって、わかってたから、待《ま》ってたんだ。」

え？　そ、それじゃあ、東海寺《とうかいじ》くんには、予知能力《よちのうりょく》もあるの？

「まえからあったさ。でも、こんどの山《やま》の修行《しゅぎょう》で、さらにみがきがかかったんだ。だから、黒鳥《くろとり》が、おれのこと、心配《しんぱい》してやってくることもわかったのさ。」

東海寺《とうかいじ》くん、にっこりわらうと、かたむいた門《もん》の下《した》の石段《いしだん》にこしをおろした。それから、その横《よこ》を、ぺたぺたと手《て》でたたいて。

「黒鳥《くろとり》もすわれよ。おれがやってきた修行《しゅぎょう》のこと、おしえてやるから。」

「う、うん……。」

いわれたとおり、あたしは、こしをおろした。でも、石段《いしだん》のはばが、めっちゃせまいから、肩《かた》と肩《かた》がくっつきそう。

ちょっと、近《ちか》すぎないかな、これ……。

でも、東海寺《とうかいじ》くん、気《き》にするふうでもなく、勝手《かって》に語《かた》りはじめ。

「おれさ、今回《こんかい》、迦楼羅《かるら》さんとおなじ修行《しゅぎょう》をしてみたんだよ。」

迦楼羅《かるら》さん？　あ、それって、たしか、東《とう》海寺《かいじ》くんのおじいさんのことね。

「まず、京都《きょうと》の北《きた》にある、けわしい山《やま》に登《のぼ》るんだ。で、深《ふか》い森《もり》のなかで、四本《ほん》の木《き》になわを張《は》って、一辺《ぺん》が一メートルぐらいの四角《しかく》いスペースを作《つく》る。それが結界《けっかい》だ。」

結界《けっかい》というのは、霊力《れいりょく》で守《まも》られた空間《くうかん》なんだそうで。

「そこで、一晩中《ひとばんじゅう》、真言《しんごん》を唱《とな》えるのが、迦楼羅《かるら》さんの修行法《しゅぎょうほう》さ。そう聞《き》くと、たいしたことなさそうだけど、そうでもない。山《やま》のなかだから、日《ひ》が暮《く》れれば、まっ暗《くら》になる。すると、結界《けっかい》をのぞきに、魑魅魍魎《ちみもうりょう》がつぎつぎとやってくる。」

魑魅魍魎《ちみもうりょう》？

「化《ば》け物《もの》さ。最初《さいしょ》の晩《ばん》は、でっかい牛《うし》がやってきた。つぎの晩《ばん》は巨大《きょだい》な竜《りゅう》、そのつぎは、馬《うま》よりでかいカエル。そういうのが、なわの外《そと》から、声《こえ》をかけてくるんだ。『阿修羅《あしゅら》ぁ、なにをしているぅ。』って。」

な、なに、それ……。めっちゃ、こわいんですけど……。

「おれもこわかったさ。でも、にげちゃいけない。もし結界《けっかい》から出《で》れば、化《ば》け物《もの》に食《く》われちゃうからね。だから、必死《ひっし》にがまんして、真言《しんごん》を唱《とな》えつづける。そうすることで霊能力《れいのうりょく》もだんだん高《たか》まるんだって、おれが小《ちい》さいころ、迦楼羅《かるら》さんが話《はな》してくれた。」

な、なんか、とても小学生《しょうがくせい》がすることとは思《おも》えないけど。

「そして、最後《さいご》の晩《ばん》、化《ば》けネコがやってきた。」

化《ば》けネコ？　それって、でっかいネコ？

「ああ。でも、体《からだ》はないんだ。夜《よる》の闇《やみ》のなかに、でっかい顔《かお》だけが、ぽっかりと浮《う》かんで、にんまりとわらってるのさ。」

こ、こわい！　こわすぎます！

「でも、がんばったんだ。これをのりきれば、黒鳥《くろとり》のパートナーにふさわしい霊能力者《れいのうりょくしゃ》になれる、そして、ふたりで、この東海寺《とうかいじ》を立《た》てなおせるって。」

ちょ、ちょっと、へんなこといわないでほしい……。

「で、朝《あさ》になった。いつのまにか、化《ば》けネコも消《き》えてた。そして一週間《しゅうかん》ぶりに山《やま》をおりた。おれはやりとげたんだ。迦楼羅《かるら》さんとおなじ修行《しゅぎょう》を、黒鳥《くろとり》のために、やりとげたんだ。」

ま、また！　もう、ほんとに、そういうこと、いわないでください。

「だけど、東海寺《とうかいじ》くん。それで霊能力《れいのうりょく》があがったって、どうしてわかるの？」

「それは、黒鳥《くろとり》が学校《がっこう》でみたとおりだよ。失《う》せ物《もの》さがし、大成功《だいせいこう》しただろ？」

いや、それは、大形《おおがた》くんの魔力《まりょく》のおかげかもしれないわけで。とはいえず。

「……黒鳥《くろとり》みたいな、黒《くろ》い霊力《れいりょく》の持《も》ち主《ぬし》には、あれぐらいじゃ納得《なっとく》してもらえないか。」

い、いや、あたし、そんなこといってませんけど……。

「でも、あしたをみててくれよ。今日《きょう》、みんなからたのまれたこと、すべて、ぴたっと、解決《かいけつ》してやるから。」

そういうと、東海寺《とうかいじ》くん、すっと立《た》ちあがった。

「わるいけど、黒鳥《くろとり》。おれ、これから、行《い》くところあるから。」

え？　どこへ？

「修行《しゅぎょう》さ。失《う》せ物《もの》さがしも、あれだけたくさんあると、霊能力《れいのうりょく》もそれなりに必要《ひつよう》だから。」

そ、そうですか……。

「じゃあな。あした、みててくれよな。おれ、黒鳥《くろとり》のためにがんばるから。」

しばらくのあいだ、大《おお》きな目《め》で、あたしをじっと見《み》つめると、やがて、くるりと背《せ》をむけて、門《もん》のなかに消《き》えていった。

……ふう。なんか、めっちゃ緊張《きんちょう》した……。

しかし、すごい修行《しゅぎょう》したんだね。ギュービッドは、インチキ霊能者《れいのうしゃ》っていってるけど、あんなお話《はなし》を聞《き》いたら、ほんとに霊能力《れいのうりょく》がついたのかもしれないよ……。
ま、いいや。とにかく、今日《きょう》は帰《かえ》ろうっと。
と、立《た》ちあがったそのとき。
ブワァーン！
わっ、すれすれのところを、黒《くろ》い車《くるま》が走《はし》りぬけてった！　あぶないなぁ、もうっ！
と、にらみつけたあたしの目《め》に飛《と》びこんだのは、なぜか、その車《くるま》のナンバーで。
〈あ・８９３〉
は？　なんか、気《き》になるナンバーだけど……。

4　回想《かいそう》バス、発車《はっしゃ》しまーす

火曜日《かようび》です。

学校《がっこう》から帰《かえ》ったあたし、きのう以上《いじょう》の速《はや》さで、階段《かいだん》をかけあがって。

「ギューピッドさま！　東海寺《とうかいじ》くんの失《う》せ物《もの》さがし、完《かん》ぺきの母《はは》だったよ！」

その瞬間《しゅんかん》、あたしのベッドの上《うえ》であぐらをかいていたギューピッドの黄色《きいろ》い目《め》が点《てん》に。

それから、くちびるが、ぷるぷるっとふるえて。

「ぬぅわんだってぇ～!!」

な、なんなの、そのリアクション！

「これがおどろかずに、いられるか！　とにかく、どうだったのか、くわしく話《はな》せ。」

うん。まず、朝《あさ》の会《かい》がはじまるまえ、東海寺《とうかいじ》くんは、きのう失《う》せ物《もの》さがしをおねがいした人《ひと》たちを集《あつ》めたの。それで、お寺《てら》で占《うらな》ってきた結果《けっか》を書《か》いたメモを取《と》りだすと……。

『須々木《すずき》さん。ビーズは、ネコのオルゴールのはこのなかだよ。』

『マリアさん。ヌンチャクは、こわれたスーツケースのなかだよ。』

『向井《むかい》さん。アイスの当《あ》たりの棒《ぼう》は、きみの弟《おとうと》がつくえのひきだしのおくにかくしているよ。』

『紫苑《しおん》さん。金《きん》のアクセサリーは、きみのお母《かあ》さんの宝石《ほうせき》ばこにまぎれてるよ。』

流《なが》れるようにこたえちゃったんだよ。ね、完《かん》ぺきでしょ？

「完《かん》ぺきじゃないね。メルヘン少女《しょうじょ》の金《きん》の斧《おの》のありかは、わからなかったんだろ？」

あれは、姫香《ひめか》ちゃんのワルノリなんですっ。池《いけ》に金《きん》の斧《おの》を落《お》とす小学生《しょうがくせい》が、日本《にっぽん》のどこにいるっていうんですか！

「でも、正直者《しょうじきもの》の小学生《しょうがくせい》なら、銅《どう》の斧《おの》を落《お》とすかもしれないぞ。」

そもそも、小学生《しょうがくせい》は斧《おの》なんかもってませんっ。

「そ、そうなのか？　それは知《し》らなかったぜ……。」

では、ぜひ、おぼえておいてください。これは日本《にっぽん》では常識《じょうしき》ですから。

「だとしても、チョコ。ほんとに東海寺《とうかいじ》のいうとおりかどうか、まだわからないだろ。そいつらが、家《いえ》に帰《かえ》って、なくした物《もの》を見《み》つけるまでは、みとめるわけにはいかないぜ。」

チッ、チッ、チッ、それが、もうぜんぶ見《み》つかってるんだなぁ。

みんな、学校《がっこう》からスマホでお家《うち》に電話《でんわ》して、お家《うち》の人《ひと》にたしかめてもらったからね。

「ぬぅわんだってぇ〜!!」

そのリアクション、二回《かい》めだと、たいしてびっくりしないね。

「日本《にっぽん》の小学生《しょうがくせい》は、みんなスマホをもってるのか？　っていうか、あたりまえに、学校《がっこう》にもっていってるのか？」

「ううん。みんなじゃないよ。あたしだって、もってないし。それに、たとえもっていたとしても、学校《がっこう》にはもっていかないよ。勉強《べんきょう》に関係《かんけい》ないものは、禁止《きんし》だもの。」

でもね、今日《きょう》は、学校《がっこう》で『スマホ安心教室《あんしんきょうしつ》』っていうのがあったんだよ。ケータイ電話《でんわ》の会社《かいしゃ》の人《ひと》が学校《がっこう》に来《き》て、正《ただ》しいスマホの使《つか》い方《かた》とか、マナーをおしえてくれるの。

で、とうぜん、電話会社《でんわがいしゃ》の人《ひと》は、スマホをもってるでしょ。そこで、舞《まい》ちゃん登場《とうじょう》！

『では、いまおしえていただいたこと、じっさいにやらせてもらえませんか？』

舞《まい》ちゃんは、身《み》なりもきちんとしているし、礼儀正《れいぎただ》しいし、なにより生徒会長《せいとかいちょう》だもの。

電話会社《でんわがいしゃ》の人《ひと》も、どうぞ、どうぞって、なってね。で、須々木《すすき》さんたち四人《にん》の女子《じょし》が、つぎつぎとその場《ば》で、お家《うち》に電話《でんわ》をかけちゃったってわけ。

「ぬぅわんだってぇ〜!!」

うん、あたしもおどろいたよ。すごいこと思《おも》いつくなぁって。でも、舞《まい》ちゃんも、それぐらい東海寺《とうかいじ》くんの失《う》せ物《もの》さがしのことが気《き》になってたんだろうね。

「そうじゃないの。あたしがおどろいているのは、東海寺《とうかいじ》のことだよっ。」

そ、そうでした……。

「チョコ、東海寺《とうかいじ》は、なんたらソワカ、みたいな呪文《じゅもん》、ほんとに唱《とな》えなかったんだな。」

うん。今日《きょう》はメモを読《よ》みあげただけ。失《う》せ物《もの》さがしは、きのうやったんじゃない？

だって、いってたもん。失《う》せ物《もの》さがしをたくさんたのまれたから、修行《しゅぎょう》に行《い》くんだって。

「修行《しゅぎょう》に行《い》く？　あいつの家《いえ》、寺《てら》だろ？　修行《しゅぎょう》も自分《じぶん》の家《いえ》でしてるんじゃないのか？」

そうだよ。だから、東海寺《とうかいじ》くん、そういったあと、お家《うち》に入《はい》っていったんだよ。

「だけど、ふつう、自分《じぶん》の家《いえ》に『行《い》く』っていわないだろ。」

……そういわれれば、そうだね。じゃあ、そのあと、おでかけしたのかな？

「どこへ？」

いや、そんなこと、あたしにきかれても……。

「つきとめてこい。」

は？

「東海寺《とうかいじ》が、失《う》せ物《もの》さがしのために、どこに行《い》ったのか、つきとめてくるんだよ。」

な、なんで、そんなことを、あたしが？

「大形《おおがた》の魔力《まりょく》も借《か》りずに、どうしてそんなことができるか、おかしいと思《おも》わないのか？」

いやまあ、たしかに。でも、東海寺《とうかいじ》くんの場合《ばあい》は、ご先祖《せんぞ》さまも霊能者《れいのうしゃ》だし……。

「だからって黒魔法《くろまほう》みたいなことはできないの。それとも、おまえは信《しん》じるのか？『ふしぎ〜。スプーンがまがった！』とか、『なんと、こわれた時計《とけい》が動《うご》きだした！』とか。」

うわぁ、なつかしい超能力《ちょうのうりょく》の話《はなし》が出《で》てきたね。それ、『昭和《しょうわ》』のころ、めっちゃはやったんだってね。『なつかしのオカルト現象《げんしょう》』っていう本《ほん》で読《よ》んだよ。

でもさ、いまどき、スプーン曲《ま》げなんて、本気《ほんき》で信《しん》じる人《ひと》なんていないでしょ。スプーン曲《ま》げには、トリックとか、種《たね》やしかけがあるって、みんな思《おも》ってるよ。

「だったら、どうして、東海寺《とうかいじ》のことは信《しん》じるんだよ？」

そ、そういわれると……。

「トリックがあると思《おも》わないのか？　種《たね》やしかけがあると考《かんが》えないのか？」

そ、そんなふうに、たたみかけなくても……。

「わかったら、調《しら》べてこい。インチキ霊能者《れいのうしゃ》の化《ば》けの皮《かわ》をはがすのも、だいじな黒魔女修《くろまじょしゅ》行《ぎょう》なんだからな！」

はあ……。でも、いったいどうやって？

「んなもん、自分《じぶん》で考《かんが》えろ。東海寺《とうかいじ》はおまえにメロメロなんだ。なんとでもなるだろ。」

★

というわけで、あたしは、東海寺《とうかいじ》くんのお家《うち》へ行《い》かされることになり。

しかも、これは午後練《ごごれん》ということで、ゴスロリも着《き》せられてしまい。

でも、気《き》が重《おも》いです、いろんな意味《いみ》で……。

東海寺《とうかいじ》くんの失《う》せ物《もの》さがしには、ギュービッドのいうとおり、なにかしかけがあるんだと思《おも》う。でなきゃ、あんなにつぎつぎと、なくなった物《もの》のありかをいい当《あ》てられるはずないし。

でも、『化《ば》けの皮《かわ》をはがす』っていうのが、やだなぁ。

だって「あれはぜんぶインチキでした。」なんてことになったら、東海寺《とうかいじ》くん、クラスで立場《たちば》がなくなるでしょ。おなじクラスの子《こ》をこまらせるなんてこと、したくないよ。

といって、このまま放《ほう》っておくのも、よけいに騒《さわ》ぎを大《おお》きくしてしまいそうだしね。

というのも、今日《きょう》のことで、さらに失《う》せ物《もの》さがしのおねがいが増《ふ》えちゃったんだよ。

『プロ野球選手《やきゅうせんしゅ》のサインボールをなくしたから、さがしてくれよ！』

って、エロエースがいえば、横綱《よこづな》は、

『特盛《とくも》りカップラーメンが行方不明《ゆくえふめい》なんだ、ぐすっ。』

って泣《な》きつき、あげくのはて、舞《まい》ちゃんまでがやってきて。

『おばあさまからいただいた、ヒスイの帯留《おびど》めをなくしちゃったの。』

帯留《おびど》めってなんだか知《し》らないけど、ヒスイは宝石《ほうせき》。つまりめっちゃ高価《こうか》なものらしい。

これでまた、ありかをいいあてられたら、東海寺《とうかいじ》くんの評判《ひょうばん》はますますあがって、そのうわさは、ほかのクラス、ほかの学年《がくねん》、そして、街中《まちじゅう》にひろがるに決《き》まってる。

そうなってから、「あれはぜんぶインチキでした。」は、さらにまずいわけで……。

「そんなに心配《しんぱい》しなくてもいいぜ、黒鳥《くろとり》。」

わっ、東海寺《とうかいじ》くん！

考《かん》えごとをしていたら、東海寺《とうかいじ》くんの家《いえ》の前《まえ》まで来《き》ていたの、気《き》がつかなかった。

「黒鳥《くろとり》だって、今日《きょう》、おれがみごとに失《う》せ物《もの》さがしに成功《せいこう》したの、みてたろ？」

「う、うん……。でも……。」

ああ、なんていったらいいんだろ。まさか、どんなトリックがかくされているの、なんてきけないし……。

「いいぜ。そんなに心配《しんぱい》なら、みせてあげるよ。」

「え？　みせるって？」

「修行《しゅぎょう》だよ。ほら、また一路《いちろ》たちにおねがいされちゃっただろ？　しっかり修行《しゅぎょう》して、霊《れい》能力《のうりょく》を高《たか》めようと、ちょうど白装束《しろしょうぞく》に着《き》がえたところなんだ。まあ、修行《しゅぎょう》は『秘法《ひほう》』っていって、ふつう人《ひと》にはみせないものなんだけど、でも、黒鳥《くろとり》はべつさ……。」

東海寺《とうかいじ》くん、そこで、大《おお》きな目《め》をさらにまんまるに開《ひら》くと、あたしを見《み》つめて。

「黒鳥《くろとり》は、おれのたいせつなパートナーだもの。一度《いちど》、修行《しゅぎょう》しているところを、ちゃんとみてほしかったし。ちょうど、いい機会《きかい》だよ。」

す、すごい、眼力《がんりき》……。もしや、ほんとうに霊能力《れいのうりょく》があるのかもって思《おも》えるほどで。

でも、たしかに、チャンスかも。どうしたらいいかこまっていたら、東海寺《とうかいじ》くんのほうから、秘密《ひみつ》を明《あ》かしてくれるっていうんだからね。

「う、うん……。そうだね。あたしも、みせてほしい。」

すると、東海寺《とうかいじ》くん、花《はな》がさいたみたいな笑《え》みをうかべると、門《もん》の外《そと》へ。

「あ、あれ？　修行《しゅぎょう》って、お寺《てら》のなかでするんじゃないの？」

「ちがうよ。新《あたら》しく修行《しゅぎょう》の場所《ばしょ》を見《み》つけたんだ。バスに乗《の》ってくんだけどね。」

バス？

「そこの角《かど》をまがると、すぐバス停《てい》なんだ。さあ、早《はや》くおいでよ。」

そういうと、東海寺《とうかいじ》くん、すっと手《て》をのばしてきた。と、思《おも》ったら……。

……え、うそ。東海寺《とうかいじ》くん、あたしの手《て》をにぎってない？

あっけにとられたあたし、なにもいえず、そのまま、ひっぱられていき、気《き》がついたときには、バスの停留所《ていりゅうじょ》に。
「あ、あの、東海寺《とうかいじ》くん。あたし、お金《かね》、もってない……。」
「お金《かね》のことなら、だいじょう……。」
グォー！
とつぜん、大《おお》きな音《おと》がして、東海寺《とうかいじ》くんの声《こえ》がかき消《け》された。びっくりして、音《おと》のした
ほうをみると、バスが一台《だい》、近《ちか》づいてくる。
で、あたしの目《め》は、なぜだかまず、ナンバーにひきつけられて。
『し・２１９』
あれ？このナンバー、なんとなく見《み》おぼえがあるような……。
そう思《おも》ったあたしの目《め》は、こんどはバスの行《い》き先《さき》の表示《ひょうじ》に。
『回想《かいそう》』
？？？『かいそう』って、こういう字《じ》だっけ？
考《かんが》えているうちに、バスがぴたりと止《と》まって。
プシュー。

ドアがあいた。

「さあ、黒鳥《くろとり》、乗《の》るよ。」

でも、これは回送《かいそう》、いや、回想《かいそう》？　とにかく、お客《きゃく》さんは乗《の》れないいんじゃ……。

「あんたたちはいいんだよ。さあ、早《はや》く乗《の》って。」

運転席《うんてんせき》から、声《こえ》がふってきた。でも、それが女《おんな》の人《ひと》の声《こえ》だったもんで、びっくり。

見《み》あげると、運転席《うんてんせき》には、紺色《こんいろ》の上着《うわぎ》に白《しろ》いシャツ、紺《こん》のネクタイという、おなじみの制服《せいふく》を着《き》た運転手《うんてんしゅ》さんがすわってる。でも、帽子《ぼうし》の下《した》には、おばさんのまるいお顔《かお》が……。

「おばさんでわるかったね！　最近《さいきん》は、女性《じょせい》運転手《うんてんしゅ》も増《ふ》えてるんだよ！」

うわっ、めっちゃがらがら声《ごえ》……。

「いいから、早《はや》くお乗《の》りよ。バスが止《と》まったままじゃ、交通《こうつう》のじゃまになるじゃないか。

東海寺《とうかいじ》くんも、早《はや》くガールフレンドをひっぱりあげて。」
ガ、ガールフレンド？　いや、べつに、あたしたち、そういう関係《かんけい》では……。わっ。
東海寺《とうかいじ》くんったら、あたしの手《て》をひときわ強《つよ》くにぎると、むぎゅっとひっぱった。

そのいきおいで、あたしの体《からだ》は運転席《うんてんせき》のすぐうしろの席《せき》へころがりこみ。

「発車《はっしゃ》しまーす！」

おわっ。めっちゃ急発進《きゅうはっしん》！　ちょ、ちょっと、運転《うんてん》が乱暴《らんぼう》すぎない……。

いったい、なんなの、このバス？　お金《かね》もはらわなくていいなんて、おかしくない？

「ねえ、東海寺《とうかいじ》くん。このまえの日曜日《にちようび》も、このバスに乗《の》ってなかった？」

「乗《の》ったよ。おれ、土曜日《どようび》から毎日《まいにち》、この『回想《かいそう》バス』に乗《の》ってるんだよ。」

あ、いま『回想《かいそう》バス』っていった。それ、やっぱりまちがってるよ。『回送《かいそう》』でしょ？

「『回想《かいそう》バス』だよ。だって、このバスは、過去《かこ》の世界《せかい》へつれていってくれるんだから。

正確《せいかく》にいえば、『他人《たにん》の過去《かこ》を回想《かいそう》する力《ちから》をあたえてくれる場所《ばしょ》』、だけどね。」

いってる意味《いみ》がわからない……。

でも、東海寺《とうかいじ》くんが、なんだかおかしいことは、はっきりとわかる……。

このバスも、やっぱりへん。出発《しゅっぱつ》して、もう五分《ふん》はたっているのに一度《いちど》も止《と》まらない。田舎《いなか》の道《みち》や高速道路《こうそくどうろ》ならともかく、ここは街《まち》のなか。一度《ど》や二度《ど》、信号《しんごう》で止《と》まったっておかしくないはず。それなのに、このバス、スピードをあげてる。エンジンの音《おと》も、どんどん大《おお》きくなってるし、窓《まど》の外《そと》の風景《ふうけい》も、飛《と》ぶようにうしろへ流《なが》れていく。

「左右《さゆう》に大《おお》きくゆれることがあります！　手《て》すりにしっかりとおつかまりください！」

運転手《うんてんしゅ》のおばさんが、がらがら声《ごえ》をはりあげた。

「もうすぐ闇《やみ》につつまれます！　恐怖《きょうふ》に心《こころ》をのっとられないよう、ご注意《ちゅうい》ください！」

はあ？　ちょ、ちょっと、いったい、どういうこと？

「だいじょうぶだよ、黒鳥《くろとり》。おれがついてるから。」

と、東海寺《とうかいじ》くん、そういう問題《もんだい》じゃなくって……。う、うわ、暗《くら》くなってきた……。

ほんとにまっ暗《くら》！　なんにもみえないよ！　ギュービッドさまぁ～！

5　車《くるま》のナンバーにはご注意《ちゅうい》を！

「……黒鳥《くろとり》。起《お》きろよ、黒鳥《くろとり》……。」

……だれかの声《こえ》がする。それに、だれかが、あたしの肩《かた》をゆさぶっている。

ギュービッド？　だったら、『おうら、おうら！』って、下品《げひん》な声《こえ》のはず。

でも、いま、聞《き》こえるのは、男《おとこ》の子《こ》の声《こえ》。えっ、男《おとこ》の子《こ》ぉ？

ぎょっと目《め》を開《ひら》くと、そこには、目《め》をらんらんとかがやかせる、元気《げんき》いっぱいのお顔《かお》が！

「と、東海寺《とうかいじ》くん！　あ、あたし……。」

そこで、あたしは、自分《じぶん》がバスの座席《ざせき》にすわっていることに気《き》づいた。

そうだ、あたし、バスに乗《の》ってたんだっけ。で、バスが猛《もう》スピードで走《はし》りだして、あたりが急《きゅう》にまっ暗《くら》になって……。

「気《き》を失《うしな》っちゃったみたいだな。でも、もうだいじょうぶ。ちゃんと着《つ》いたから。」

ほんとだ。バス、止《と》まってるよ。だけど、着《つ》いたって、いったいどこに……。

窓《まど》の外《そと》に目《め》をむけて、びっくり！　なんと、そこはうす暗《ぐら》い森《もり》で！

あたりに人《ひと》の気配《けはい》はなし。前《まえ》からもうしろからも、車《くるま》が近《ちか》づくようすもなし。

「ここが修行《しゅぎょう》の場《ば》だよ。」

東海寺《とうかいじ》くんは、にっこりとほほえむと、通路《つうろ》を歩《ある》いて、うしろへ。

「おれ、先《さき》に行《い》って結界《けっかい》を張《は》ってくるよ。」

え？　待《ま》ってよ、あたしもいっしょに……。

「この森《もり》には魑魅魍魎《ちみもうりょう》がうろうろしてるから、黒鳥《くろとり》を守《まも》るためにも、先《さき》に結界《けっかい》を張《は》っておかなくちゃいけないんだ。おわったらよぶから、ちょっと待《ま》ってて。」

いや、そんなおそろしいものがいるなら、なおさら、ひとりにしないで……。

バスをおりていく東海寺《とうかいじ》くんのあとを、あわてて追《お》いかけようとしたら。

プシュー。

わっ、ドアがしまった。

「あ、あのう、ドアをあけてくれませんか……。」

するとト、運転手《うんてんしゅ》さん、ふっくらとしたおばさん顔《がお》を、ゆっくりとこちらにむけて。

「どうしても、出《で》たいのかい？　なら、なぞなぞにこたえてもらおうか。」

な、なんなの、急《きゅう》にこわい声《こえ》を出《だ》したりして。なんだか、ホラーなゲームというか、お化《ば》け屋敷《やしき》、いや、お化《ば》けバスみたいなふんいきになってきた……。

「ではいくよ。わたしは『なおえぬねの』がとくい。さあ、なにがとくいでしょう？」

は？　わ、わかりません。あたし、もともと、なぞなぞはあんまりとくいじゃないし、まして、こんなシチュエーションでは、まともに考《かんが》えることなどできるわけない……。

すると、おばさん運転手《うんてんしゅ》さん、はあっとためいきをつきながら、首《くび》をふって。

「なんだい、黒魔女《くろまじょ》のくせに。ま、低級《ていきゅう》だからしょうがないか。」

「え？　ど、どうして、あたしが黒魔女《くろまじょ》さんだってこと、知《し》ってるんですか？」

すると、運転手《うんてんしゅ》さん、フロントガラスの上《うえ》のほうをゆびさして。

〈運転手《うんてんしゅ》　魔婆子《まさこ》〉

魔婆子《まさこ》さん？　っていうか、そのおどろおどろしい漢字《かんじ》は、もしや……。

「ああ、そうだよ。魔婆死《まさし》の姉《あね》だよ。」

なんと！　魔婆死《まさし》さんは、魔界《まかい》で『オモテダケ↓表《おもて》だけで裏《うら》がない↓占《うらな》い』のお店《みせ》をやってる人《ひと》なんだけど、そのおねえさんってこと！

「はじめての読者《どくしゃ》にわかりやすい説明《せつめい》をありがとうよ。」

ど、どういたしまして。って、そんなことより。

「それじゃあ、東海寺《とうかいじ》くんの失《う》せ物《もの》さがしの霊能力《れいのうりょく》は、魔婆子《まさこ》さんが？」

「いやぁ、あたしゃ、ただの運転手《うんてんしゅ》さ。ここまでつれてきただけ。でもまあ、そもそものきっかけはあたしだといっていいだろうねぇ。」

それから、魔婆子《まさこ》さんが語《かた》ってくれた話《はなし》は、ギュービッドなみにむだに長《なが》かったので、まとめると。
一　先週《せんしゅう》の土曜《どよう》、駅前《えきまえ》に止《と》めていた魔婆子《まさこ》さんの回送《かいそう》バスに、東海寺《とうかいじ》くんが乗《の》ってきた。
二「回送《かいそう》だから乗《の》れないよ。」と声《こえ》をかけたが、東海寺《とうかいじ》くんには聞《き》こえないようだった。

三　東海寺《とうかいじ》くんは、呪文《じゅもん》のようなものを唱《とな》えていて、ほんのりと魔力《まりょく》を感《かん》じた。
「あたしも魔界《まかい》の者《もの》だからね、がぜん興味《きょうみ》がわいてきてさ、話《はな》しかけてみたんだよ。そしたら、あの子《こ》、霊能力《れいのうりょく》とやらをみがきに山《やま》で修行《しゅぎょう》してきたっていうじゃないか。」

それで、魔婆子《まさこ》さん、きいたんだって。

『もっと霊能力《れいのうりょく》をつけたくないかい？』

「そうしたら、あの子《こ》ったら、ビビるでもなく、あのでっかい目《め》を、らんらんとかがやかせて、『はいっ。』っていうからさ。『じゃあ、なぞなぞにこたえられたら、いいところへつれていってやるよ。』って、いったわけさ。」

えー、みなさん、たとえ相手《あいて》が、ふっくらほっぺのおばさんでも、『いいところへつれていってあげる。』といわれても、ぜったいについていってはいけませんよ。

って、そんなことより、なぞなぞって、『「なおえぬねの」がとくい』ってやつ？

「ああ。あんたとちがって、東海寺《とうかいじ》くんは一発《いっぱつ》で正解《せいかい》したよ。」

うっそ。で、こたえはいったい……。

「『似顔絵《にがおえ》』。」

は？

「わからないのかい？　『なにぬねの』の『に』が『おえ』になってるだろ？」

『な・に・ぬ・ね・の』。『な・おえ・ぬ・ね・の』。『に』が『おえ』。

く、くだらん！　ギューピッドのオヤジギャグに勝《か》てるぐらい、くだらん！

「負《ま》けおしみをいうんじゃないよ。それにね、このこたえを出《だ》せた者《もの》だけが、魔力《まりょく》をあたえてもらえるんだから。」

え？　いったいどういうことですか？

「それは自分《じぶん》の目《め》でたしかめな。ちょうど、結界《けっかい》を張《は》りおえたみたいだし。」

たしかに、ガラス窓《まど》のむこうでは、東海寺《とうかいじ》くんが、あたしを手《て》まねきしてる。

「ただし、あんたは黒魔女《くろまじょ》だ。いざというときは、あんたが東海寺《とうかいじ》くんを守《まも》るんだよ。」

あたしが？　東海寺《とうかいじ》くんを？　いざというときって……。

プシュー。

魔婆子《まさこ》さんは、自動《じどう》ドアをあけると、あたしを外《そと》につきだした。

★

「あ、黒鳥《くろとり》、こっちこっち。」

東海寺《とうかいじ》くんが手《て》まねきしてるのは、草《くさ》がおいしげった、うす暗《ぐら》いところ。

まわりには、大《おお》きな木《き》が四本《ほん》立《た》っていて、そこに、ほそいなわが張《は》りめぐらされている。

「これが、結界《けっかい》さ。」

東海寺《とうかいじ》くんの声《こえ》、とくいそう。

「結界《けっかい》の真言《しんごん》を唱《とな》えたからね、どんな化《ば》け物《もの》が出《で》てきても、このなかだけは安全《あんぜん》なんだ。」

う、うん……。

でも、やっぱり不安《ふあん》。ふんいきがあやしいし、なにより、魔界《まかい》の魔娑子《まさこ》さんがいたんだもの。魑魅魍魎《ちみもうりょう》っていうのも、魔界《まかい》の魔物《まもの》かもしれないじゃない？

だとしたら、たいへんだよ。いくら、霊能者《れいのうしゃ》の血《ち》をひいているといっても、東海寺《とうかいじ》くんはふつうの人間《にんげん》。黒魔法《くろまほう》を使《つか》う魔物《まもの》が出《で》てきたら、どうしようもないはずで。

「さあ、はじめるぞ。黒鳥《くろとり》、おれのパートナーとして、よくみててくれよ。」

そういうと、東海寺《とうかいじ》くん、白装束《しろしょうぞく》のふところに、ぐっと手《て》を入《い》れると、なにか、ひっぱりだした。みると、それは、ノートとボールペン。

「そんなもので、いったいなにをするの？」

でも、東海寺《とうかいじ》くん、あたしにはこたえず、無言《むごん》でノートを開《ひら》くと、さらさらと絵《え》をかきはじめた。みると、それはネコの絵《え》。ただし、体《からだ》はなし。かいたのは大《おお》きな頭《あたま》だけ。

それから、いきなり、両手《りょうて》をへんなふうに組《く》んで。

「ノウマク・サマンダ・ボダナン・サラバ・タタギャタバロキタ・ギャロダ・マヤ……。」

あ、それ、失せ物《うせもの》さがしのときに唱《とな》えた、真言《しんごん》じゃない？

東海寺《とうかいじ》くんの声《こえ》はどんどん大《おお》きくなっていき、やがて、かっと目《め》を見《み》ひらいて。

「オン・アロリキャ・ソワカ！」

森《もり》のなかに大声《おおごえ》がひびきわたった、そのとき。

「また、来《き》たのか。」

な、なに、いまの声《こえ》。どこかで、めっちゃ低《ひく》い声《こえ》がしたけど。

「なんだ、今日《きょう》はもうひとりいるのか。」

また、声《こえ》がしたよ。こんどは、うしろ。それも上《うえ》のほうみたい。

で、ふりかえってみると、木《き》の枝《えだ》の上《うえ》のほうが、青白《あおじろ》く、ぼんやりと光《ひか》ってる。

光《ひかり》は、強《つよ》くなったり弱《よわ》くなったりしながら、ゆっくりとまるくなっていく……。

え？ 光《ひかり》のなかに口《くち》みたいな形《かたち》があらわれたよ。その上《うえ》には赤《あか》い目《め》のようなものがふたつ。さらに、まるい光《ひかり》のてっぺんに三角《さんかく》がふたつ。って、この流《なが》れで考《かんが》えれば、これは耳《みみ》……。

まさか、これ……、ネコの顔《かお》……。でも、体《からだ》はなし……。頭《あたま》だけ……。

その瞬間《しゅんかん》、口《くち》が耳《みみ》までさけるように開《ひら》くと、ネコの顔《かお》が、にんまりとわらった。

「うわぁ！ ば、化《ば》けネコ！」

「失礼《しつれい》な。おれには『知者猫《ちしゃねこ》』という、りっぱな名前《なまえ》がある。」

わぁ、しゃべった！ 頭《あたま》だけのネコがしゃべったよ！

やっぱり化《ば》けネコ！

「ちがうって、いってるだろ！　おれは『知者猫《ちしゃねこ》』だ！」

チシャネコ？　な、なんか、どこかで聞《き》いたような名前《なまえ》だけど……。

そのとたん、木《き》の上《うえ》のネコの顔《かお》が、びくっとしたように、こわばった。で、急《きゅう》にあたしを無視《むし》して、東海寺《とうかいじ》くんをギロリ。

「そ、それで、今日《きょう》はなんの用《よう》だ？」

「はい。また、回想《かいそう》をみせてもらいたいのです、知者猫《ちしゃねこ》さま。」

チシャネコ……。ぜったいに聞《き》いたことある……。それに、『知者猫《ちしゃねこ》』なんて漢字《かんじ》にするところに、そこはかとなく、パクりのかおりがする……。

「だ、だれの回想《かいそう》をみせろというのだ？」

頭《あたま》だけのネコは、東海寺《とうかいじ》くんにききながらも、ときどき、あたしをチラ見《み》してる。

「まず、小島直樹《こじまなおき》をおねがいします。野球《やきゅう》のボールについての回想《かいそう》です。」

「あ、ああ、わかった。……ほら、みろよ。」

ネコの顔《かお》が、大《おお》きなお口《くち》をぱかっとあけた。すると、そこから、白《しろ》いけむりがぽかり。

それが大《おお》きくひろがると、こんどは、そのなかに、どこかのお部屋《へや》があらわれて。

なんなの、これ？　まるで、森《もり》のなかに映画《えいが》のスクリーンがあらわれたみたいだよ。

ん？　こんどは人《ひと》かげがみえてきた。小《ちい》さな男《おとこ》の子《こ》だね。幼稚園児《ようちえんじ》かな？　そのわりには、エロそうな顔《かお》してるなぁ。しかも出《で》っ歯《ぱ》だし……。

って、あれ、エロエースの弟《おとうと》の弘樹《ひろき》くんじゃない？

弘樹《ひろき》くん、手《て》になにかもってるね。野球《やきゅう》のボールだよ、あれ。ん、きょろきょろしてる。で……。ありゃりゃ、ボールを幼稚園《ようちえん》のカバンのなかに入《い》れちゃったよ。

すると、あたしのとなりで、東海寺《とうかいじ》くんが、ぱんと手《て》をたたいて。

「そうか！　小島《こじま》のサインボールは、弟《おとうと》の幼稚園《ようちえん》カバンのなかにあるんだ！」

なるほど！　そういうことでしたか！

東海寺《とうかいじ》くんが、なくなった物《もの》のありかを、つぎつぎと当《あ》てることができたのは、回想《かいそう》バスに乗《の》って、この森《もり》へ来《き》て、みんなが物《もの》をなくした回想《かいそう》シーンをみてたからなんだ！

「ありがとうございます、知者猫《ちしゃねこ》さま！」

東海寺《とうかいじ》くん、顔《かお》だけの巨大《きょだい》ネコにむかって、手《て》を合《あ》わせてる。

だけど、ほんとに、このネコ、何者《なにもの》？　魑魅魍魎《ちみもうりょう》ってやつ？

ううん、そんな和風《わふう》なイメージじゃない。チシャネコだもん、めっちゃ洋風《ようふう》……。

「も、もういいだろ、東海寺《とうかいじ》。」

「いえ、つぎは岩田大五郎《いわただいごろう》をおねがいします。特盛《とくも》りカップラーメンについての回想《かいそう》で……。」

ああっ、思《おも》いだした！

「な、なんだ……。」

頭《あたま》だけの青白《あおじろ》い巨大《きょだい》ネコさん、赤《あか》い目《め》で、ギロリとあたしをにらんだ。

「『チェシャネコ』のパクりでしょ！」

世界名作童話《せかいめいさくどうわ》として有名《ゆうめい》な『ふしぎの国《くに》のアリス』。そこにネコが出《で》てくるの。とつぜん木《き》の枝《えだ》の上《うえ》にあらわれては、なんでもお見通《みとお》しみたいなことをいうんだけどね。

その名前《なまえ》が『チェシャネコ』。それを『知者猫《ちしゃねこ》』だなんて、オヤジギャグまるだしのパクりでよろこぶってことは……。

「まちがいなく、あなたは魔界《まかい》の魔物《まもの》ね！」

そうしたら、知者猫《ちしゃねこ》さんとやら、みるみるこわいお顔《かお》に。

「東海寺《とうかいじ》！　力《ちから》を貸《か》してやったのに、恥《はじ》をかかせるとは、どういうことだ！」

「え？　恥《はじ》をかかせる？　そんなこと、していませんが……。」

「してるだろう！　こんな低級黒魔女《ていきゅうくろまじょ》をつれてきやがって！」

わぁ、知者猫《ちしゃねこ》さん、『黒魔女《くろまじょ》』っていっちゃだめ！　たんま、たんま！

「いや、黒鳥《くろとり》さんは、ぼくの未来《みらい》のパートナーで、今日《きょう》は修行《しゅぎょう》のようすを見学《けんがく》に……。」

「いいわけなど、聞《き》かぬ！　知者猫《ちしゃねこ》に恥《はじ》をかかせた者《もの》は、飲《の》みこんでやる！」

知者猫《ちしゃねこ》さん、また、耳《みみ》までさけるほど、お口《くち》を大《おお》きくあいた。

なかには、するどい牙《きば》がぎらり！　おくでは、青白《あおじろ》い光《ひかり》が、こうこうとかがやいていて！

「さあ、『死《し》に行《い》く』がいい！」

「そうはいくかぁ！」

え？　その声《こえ》は、ギュービッドさま？

「ルキウゲ・ルキウゲ・テンポラーレ！」

その瞬間《しゅんかん》、東海寺《とうかいじ》くんの動《うご》きも、風《かぜ》にそよぐ枝《えだ》や葉《は》っぱの動《うご》きも、止《と》まってしまい。

これって、たしか、時間停止魔法《じかんていしまほう》……。

「つづけて、ルキウゲ・ルキウゲ・リトラッターレ！」

わっ、こんどは知者猫《ちしゃねこ》さんが消《き》えた！

「おおっ、ラッキー！　生《い》き霊回収呪文《りょうかいしゅうじゅもん》がきいたぜ。うまくいくか、ちょっと心配《しんぱい》だったんだよ。って、だいじょうぶか、チョコ！」

う、うん、あたしはだいじょうぶ。だけど、いったいどうなってるの？

だって、うっそうとした森《もり》のなかにいたはずなのに、いま、まわりにあるのは、植木《うえき》が五、六本《ぽん》。そして、そのむこうにみえる茶色《ちゃいろ》の建物《たてもの》は、市立図書館《しりつとしょかん》！

「おねえちゃん、すべては『プロヴァンスのマタゴット』のしわざなんですよ！」

あ、桃花《とうか》ちゃんも来《き》てくれたんだ！

でも、『プロヴァンスのマタゴット』って、なに？　聞《き》きおぼえがあるような……。

「ぼくが、『相手《あいて》を黒《くろ》ネコに変身《へんしん》させる黒魔法《くろまほう》』で出《だ》した黒《くろ》ネコだねぇ。」

「でも、魔力《まりょく》がもれもれで、黒《くろ》ネコのはずが、危険《きけん》なマタゴットになったんだねぇ。」

大形《おおがた》くんまで！

「マタゴットには、幻《まぼろし》をみせる魔力《まりょく》があるんだねぇ。」

「そうやって、東海寺《とうかいじ》くんをここへひきこんで、たぶらかしていたんだねぇ。」

そうなんだ！　でも、まって。大形《おおがた》くんがまちがって出《だ》しちゃったマタゴットは、たしか、桃花《とうか》ちゃんが、無効化黒魔法《むこうかくろまほう》で消《け》したはず……。

「ききめが、不十分《ふじゅうぶん》だったみたいなんです。あたし、インストラクター黒魔女専用《くろまじょせんよう》の黒魔《くろま》法《ほう》は、まだへたみたいで……。ほんとに、ごめんなさい……。」

あやまることないよ。桃花《とうか》ちゃんが、大形《おおがた》くんのインストラクター黒魔女《くろまじょ》さんになったのは、お正月《しょうがつ》。まだ三か月《げつ》ちょっとしかたってないんだもん、しょうがないよ。

「そ。桃花《とうか》は、まだまだ、あたしの足《あし》もとにもおよばないってことだぜ。」

ギュービッド、めっちゃ上《うえ》から目線《めせん》です。

それにしても、三人《にん》とも、あたしたちがここにいるって、よくわかったね。

「おまえと東海寺《とうかいじ》が、『し・219』のバスに乗《の》ったって聞《き》いたから、これはやばいと思《おも》ったんで、瞬間移動魔法《しゅんかんいどうまほう》で飛《と》んできたんだよ。」

ナンバーでやばいと思《おも》ったの？　ふつう、『回想《かいそう》』っていう行《い》き先《さき》とか、運転手《うんてんしゅ》が魔婆《まさ》子《こ》さんとかのほうが、魔界《まかい》っぽくって、あやしい感《かん》じがするんじゃない？

「車《くるま》のナンバーに『し』が使《つか》われることはないんだねぇ。」

「そうだねぇ。だから、すぐにあやしいナンバーだってわかるねぇ。」

おわっ、鈴木薫《すずきかおる》さんなみのウンチク！　でも、どうして『し』は使《つか》わないんだろ。

「そりゃあ、日本人《にほんじん》は『し＝死《し》』をイメージするからだろ。『し・２１９』で、『死《し》に行《い》く』だもんな。」

な、なるほど。

「そんなことより、ゆるせないのは、魔婆子《まさこ》だぜ！」

ギューピッドはそういうと、回想《かいそう》バスにむかって、のしのしと歩《ある》いていく。

「魔婆子《まさこ》！　人間《にんげん》の子《こ》どもをあぶないめにあわせたりして、いいと思《おも》ってんのか！」

ところが、運転席《うんてんせき》の魔婆子《まさこ》さん、ふんと、鼻《はな》でわらって。

「あたしゃ、運転手《うんてんしゅ》なんだ。客《きゃく》から、霊能力《れいのうりょく》がほしいっていわれりゃ、そういうところへつれていってやるのが仕事《しごと》。わるいのは、マタゴットを野放《のばな》しにした黒魔女《くろまじょ》のほうだろ？」

「す、すいません！　そうです、あたしがわるいんです！」

桃花《とうか》ちゃん、そんなにあやまらないで。東海寺《とうかいじ》くんは、無事《ぶじ》だったんだし……。

「とにかく、あたしゃ、行《い》くよ。」

魔婆子《まさこ》さん、キュルルルッと、バスのエンジンをかけた。

「『死《し》に行《い》く』バスの怪談《かいだん》をひろめるので、いそがしいんだから。はい、発車《はっしゃ》しまーす!」

はあ、行《い》っちゃったよ。

「でも、ギューピッドさま。このあと、どうするの?」

いつまでも、時間《じかん》を停止《ていし》させたままってわけにもいかないし。まず、東海寺《とうかいじ》くんに忘却《ぼうきゃく》魔法《まほう》をかけてもらわないといけないね。

いや、一組《くみ》のみんなにも、かけてもらったほうがいいかも。東海寺《とうかいじ》くんに、失《う》せ物《もの》さがしの霊能力《れいのうりょく》があること、みんなにわすれてもらわないと、騒《さわ》ぎがおさまらないでしょ。

「いや、その必要《ひつよう》ないだろ。」

え? どういうこと?

「いちいち、きくな。そのうち、わかるから。」

「ヒントは、麻倉《あさくら》くんだねぇ。」

麻倉《あさくら》くん? いや、ますますわからないんですけど。

「麻倉《あさくら》くんは、黒鳥《くろとり》さんと東海寺《とうかいじ》くんが回想《かいそう》バスに乗《の》ったのを、みてたんだねぇ。」

「それをみんなに知《し》らせたから、ぼくは、ギュービッドと桃花《とうか》におしえたんだねぇ。」

なんですってぇ？

「東海寺《とうかいじ》くんがここにいることも、きっと、みんなに……。」

「大形《おおがた》！　おまえ、ヒント、出《だ》しすぎだぞ！」

「そうよ。あとはおねえちゃんたちにまかせて、あたしたちは帰《かえ》りましょ！」

「ほんじゃあ、無効化黒魔法《むこうかくろまほう》をかけるぜ。ルキウゲ・ルキウゲ・アヌラーレ！」

止《と》まっていた時間《じかん》が、動《うご》きだすと同時《どうじ》に、ギュービッドたちのすがたは消《き》えていて。

いっぽう、東海寺《とうかいじ》くんは、目《め》をぱちぱちさせて、あたりを見《み》まわしている。

で、あたしが声《こえ》をかけようとしたとき、遠《とお》くから、ぱたぱたっと足音《あしおと》が聞《き》こえてきた。

「おい、あそこにいたぜ！」

あ、エロエースだ！　日向太陽《ひなたたいよう》くんや、大谷早斗《おおたにはやと》くんもいる。そのうしろからは、男子《だんし》や女子《じょし》がぞろぞろ。一組《くみ》の人《ひと》、全員《ぜんいん》？　いや、麻倉《あさくら》くんはいないか……。

「東海寺《とうかいじ》！　だいじょうぶか！」

「すわりこんじゃったりして、やっぱり修行《しゅぎょう》のしすぎで、つかれちゃったのかしら？」

舞《まい》ちゃんをはじめ、みんな、心配《しんぱい》そうに、東海寺《とうかいじ》くんを取《と》りかこんでいる。

とつぜんのことに、東海寺《とうかいじ》くんは、なおいっそう、目《め》をぱちぱちさせて。

「み、みんな、いったい、どうしてここが？」

「麻倉《あさくら》くんから、聞《き》いたのよ。東海寺《とうかいじ》くんが、へんなバスに乗《の》って、ここへ来《き》たって。」

「山《やま》の修行《しゅぎょう》から帰《かえ》ってきたばかりなのに、毎日《まいにち》、バスで修行《しゅぎょう》にでかけてるんだろ？」

「それって、おれたちのためにむりしてるんじゃないかって、麻倉《あさくら》がいうんだよ。」

東海寺《とうかいじ》くん、こまったように、うなずいてる。

「ま、まあ、そうだけど。でも、それは失《う》せ物《もの》さがしのためだから……。」

「やっぱりよ！　みんな、あやまろう！」

舞《まい》ちゃんが、大《おお》きな声《こえ》をあげると、一組《くみ》のみなさん、こくっとうなずき。

「ごめんなさい！」

「い、いや、そんな、あやまらなくても……。」

「あやまるよ。東海寺《とうかいじ》のことも考《かんが》えず、つぎつぎと失《う》せ物《もの》さがしをたのんだんだもの。」

「このまま学校《がっこう》にうわさがひろまったら、東海寺《とうかいじ》、体《からだ》がいくつあってもたりないじゃん。」

「だから、あたしたち、失せ物《うせもの》さがしのこと、六年《ねん》一組《くみ》だけの秘密《ひみつ》にすることにしたの。」

「だって、まだ小《しょう》六だもん。修行《しゅぎょう》もお勉強《べんきょう》も、どっちもたいせつでしょ。」

な、なんということ……。みんな、やさしい……。

それにしても、麻倉《あさくら》くん、どうして、東海寺《とうかいじ》くんのこと、知《し》ったんだろ。

バタン。

遠《とお》くで、車《くるま》のドアが閉《し》まる音《おと》がした。みると、遠《とお》くに、黒《くろ》い車《くるま》が一台《だい》。

あ、助手席《じょしゅせき》にいるの、麻倉《あさくら》くんじゃない？　なんで、みんなといっしょにいないの？

黒《くろ》い車《くるま》は、そのまま走《はし》り去《さ》っていく。で、そのナンバーというのが……。

〈あ・８９３〉

それって、東海寺《とうかいじ》くんのお家《うち》の前《まえ》に、止《と》まっていた車《くるま》。

そうか、麻倉《あさくら》くん、東海寺《とうかいじ》くんのこと、ずっと心配《しんぱい》して、ようすをうかがってたんだね。

でも、気《き》づかなかったあたしも、バカだね。

ナンバーが、『あっ、やくざ』だなんて、バレバレなのにね！

第《だい》三話《わ》　黒魔女《くろまじょ》さんも胸《むね》キュンしよう！

黒魔女《くろまじょ》めあて

あまりものには呪《のろ》いがある

1 学力《がくりょく》テストよりむずかしいのは……

カリカリカリ……。コツコツコツ……。

あちこちから、えんぴつがつくえをたたく音《おと》が聞《き》こえてきます。

「うーん……。」

うなっている人《ひと》もいます。

「あと一分《ぷん》だぞう〜。」

ひとりだけのんびりした声《こえ》を出《だ》したのは、松岡先生《まつおかせんせい》です。

ただいま、全国学力《ぜんこくがくりょく》テストのまっさいちゅう。

いまやっている算数《さんすう》でおしまいなんだけどね。でも……。

わからん！　圧倒的《あっとうてき》にわからん！

最初《さいしょ》の計算問題《けいさんもんだい》は、なんとかなったんだよ。でも、だんだん問題《もんだい》がむずかしくなっていって、ついに最後《さいご》はこんなのが登場《とうじょう》。

生徒《せいと》が六人《にん》います。このなかから、リレーの選手《せんしゅ》を三人選《にんえら》びます。選《えら》び方《かた》は何《なん》通《とお》りありますか？　求《もと》め方《かた》とこたえを、ことばと数《かず》を使《つか》って、書《か》きましょう。
求《もと》め方《かた》（　　　　　　　　　　　　　　　　　　　　）
こたえ（　　通《とお》り）

んなもん、知《し》るかぁ～！

って、さけびたいところだけど、テスト中《ちゅう》なので、がまん。

しっかし、こういうときこそ、黒魔法《くろまほう》でなんとかならないもんかなぁ。

『ルキウゲ・ルキウゲ・なんとか～。』っていったら、たちまちこたえが出《で》るとか。

って、それはズルいか。それに、テストのたびに、ゴスロリ着《き》てくるなんて、あやしすぎるし……。

「はい、おわり～。」

ええっ。ああ、結局《けっきょく》、白紙《はくし》かぁ……。

がっくりするあたしをよそに、問題用紙《もんだいようし》も解答用紙《かいとうようし》も、さっさと回収《かいしゅう》されていく。

「エロエース！　最後《さいご》の問題《もんだい》、わかったか？」

うしろから、飛《と》んできた大声《おおごえ》は、大谷早斗《おおたにはやと》くん。

「あったりまえじゃん。『こたえ』のところには、『その』って、書《か》いといた。」

は？　『その』？　あ、（その通《とお》り）か。

ば、ばっかじゃないの！　エロエース、いくらなんでもふざけすぎでしょ。

「でも、これで、テストはおわり。ぐすっ、ほんとによかった、ぐすっ……。」

横綱《よこづな》……。たしかにおわってよかったけど、うれし泣《な》きするほどじゃないでしょ。

「ほんと、よかったわ。思《おも》ってた以上《いじょう》にかんたんだったし。」

げっ、その声《こえ》は、舞《まい》ちゃん。

「百合《ゆり》もぉ。解《と》けない問題《もんだい》あったら、どうしようと思《おも》ったけど、ぜんぶわかったもん～。」

ぐっ。な、なんて、いやみな……。

「ぜんぶわかった子《こ》はみんな好《す》きだよ。」

ショウくん！　そんなこといっていいの？　ぜんぶわかった女子《じょし》なんて、ほとんどいないと思《おも》いますけど。

「あたしも、いちおー、こたえはぜんぶ書《か》いたよ。あってるかどうかは、わかんないけど、最後《さいご》の問題《もんだい》は自信《じしん》あるぅ。」

うっそ！　メグ、どうして、あんなむずかしい問題《もんだい》がわかったの？

「だって、お洋服《ようふく》のコーデと、いっしょだもん。色《いろ》が六種類《しゅるい》あって、そこから三色《しょく》選《えら》ぶときの組《く》み合《あ》わせでしょ？　毎日《まいにち》、考《かんが》えてるよぉ。」

……そ、そうなんだ。

まえに、朝礼《ちょうれい》で、慣用《かんよう》くみ子《こ》校長《こうちょう》もいってたっけ。『芸《げい》は身《み》をたすける』って。どんなことでもいい、ひとつでも身《み》につけたものがあると、いざというとき、大《おお》きなたすけになるものなんだって。まさに、いまのメグにぴったりだし。

あたしだって、黒魔女《くろまじょ》さん三級《きゅう》なんだけどなぁ。もうすぐ二級《きゅう》になれるかもしれないぐらい、がんばってるんだけどなぁ。

芸《げい》は身《み》をたすけても、黒魔法《くろまほう》はたすけてくれないか。くれないよねぇ。だって、黒魔法《くろまほう》は、人《ひと》を呪《のろ》うためのものなんだものねぇ……。

と、すっかり落《お》ちこんでいるうち、いつのまにか、帰《かえ》りの会《かい》もおわっていて、みんなは、下校《げこう》の準備中《じゅんびちゅう》。

もういいや。くよくよしていても、しかたないもんね。あたしも帰《かえ》ろうっと。

ランドセルを肩《かた》にかけたとき、うしろから女子《じょし》の声《こえ》が。

「……舞《まい》ちゃん、あさってのデイキャンプのことなんだけどね。」

え？　デイキャンプ？

そ、そうか、あさっては四月《がつ》二十九日《にち》だったっけ。

ゴールデンウイーク初日《しょにち》のこの日《ひ》、第一小《だいいちしょう》の校庭《こうてい》で、デイキャンプがあるんだよ。

これ、ひとことでいえば、お泊《と》まりをしないキャンプ。でも、ちゃんとテントを張《は》るし、バーベキューみたいなこともするんで、初心者《しょしんしゃ》でもキャンプ気分《きぶん》をあじわえるそうで。

計画《けいかく》をしたのは、町内会《ちょうないかい》のおじさん、おばさんたちだから、学校行事《がっこうぎょうじ》じゃないんだけどね。でも、学校《がっこう》でやるというお手軽《てがる》さもあって、第一小《だいいちしょう》だけでなく、第二小《だいにしょう》からもけっこう参加者がいるらしく。

で、わが六年一組はといえば、全員参加……。

『開催地の第一小の生徒会長として、自主的な参加をおねがいしますね！』

えー、以前《いぜん》からご存《ぞん》じのかたにはおわかりのとおり、舞《まい》ちゃんに『自主的《じしゅてき》』といわれたら、意味《いみ》は『強制的《きょうせいてき》』ということになっております、はい。

「……班分《はんわ》けのことで、ちょっとおねがいがあるんだぁ。」

ははぁ。だれかとおなじ班《はん》になりたいとか、なりたくないとか、そういうこと？　遠足《えんそく》とかで、そういう話《はなし》あるよねぇ。

とくに今回《こんかい》のデイキャンプは『自主参加《じしゅさんか》』ということもあって、班分《はんわ》けも、生徒会長《せいとかいちょう》の舞《まい》ちゃんと、副会長《ふくかいちょう》の百合《ゆり》ちゃんによって、勝手《かって》に決《き》められたからね。メンバーが気《き》に入《い》らないとかっていう子《こ》がいても、ふしぎじゃないよ。

「あら、班分《はんわ》けになにか不満《ふまん》があるの、美里《みさと》さん？」

ええっ？　美里雷香《みさとらいか》ちゃん？

テストの点《てん》がわるかろうが、男子《だんし》に失礼《しつれい》なことをいわれようが、給食《きゅうしょく》にきらいなおかずが出《で》てこようが、なにがあっても、まったく気《き》にしない、あの雷香《らいか》ちゃんに、気《き》になることがあるわけ？

「不満《ふまん》じゃないの。ただ、あたし、与那国《よなぐに》くんの班《はん》に入《い》れてもらいたいんだぁ。」

「え？　どうして？」

「どうしてって、あたし、与那国《よなぐに》くんに、胸《むね》キュンしちゃって！」

その瞬間《しゅんかん》、教室《きょうしつ》の空気《くうき》がまっしろに。まだ四月《がつ》の末《すえ》なのに、窓《まど》には霜《しも》がびっしり。

つまり、空気《くうき》が凍《こお》りついたというわけで。

そりゃそうでしょ。だって、教室《きょうしつ》には、まだ生徒《せいと》がいるんだよ。そこで、どうどうと、実名《じつめい》をあげての「胸《むね》キュン」発言《はつげん》は、だいたんすぎるでしょ。

「ちょっと、みんなの前《まえ》でやめなさいよ、美里《みさと》さん。聞《き》いているこっちが、はずかしくなるじゃないの。」

「そうお？　あたし、そういうの、ぜんぜん気《き》にしないけどね。」

ああ、やっぱり、雷香《らいか》ちゃんです……。

でも、公開胸《こうかいむね》キュン発言《はつげん》を、女子《じょし》たちが見《み》のがすわけはなく。たちまち、雷香《らいか》ちゃんは、みんなに取《と》りかこまれて。

「ねえねえ、与那国《よなぐに》くんのどこにキュンキュンしちゃったの？」

質問《しつもん》する桜田杏《さくらだあん》ちゃんの横《よこ》から、桜都愛花《おうとあいか》ちゃんがＩＣ《アイシー》レコーダーをつきだした。

「大《おお》きな声《こえ》でおねがいしますね！　これは、一面《いちめん》トップの大《だい》スクープになりますから！」

学校新聞《がっこうしんぶん》で、そういうことを報道《ほうどう》するのは、いかがなものでしょうか。

でも、なにごとも気《き》にしない雷香《らいか》ちゃんは、おもいっきり、大《おお》きくうなずいて。

「きのうのことなんだけどね……。」

あたしがおどろいたのは、それが回想《かいそう》バス騒動《そうどう》に関係《かんけい》があるってこと。

東海寺《とうかいじ》くんが心配《しんぱい》だって、一組《くみ》のみんなが図書館《としょかん》にかけつけたでしょう？　あのとき、とちゅうで、与那国《よなぐに》くん、つまずいて、ころんじゃったそうで。

「与那国《よなぐに》くん、走《はし》りスマホしてたから、あたしのせなかにぶつかって、ころんじゃったの。」

スマホをおもちの小学生《しょうがくせい》のみなさん、走《はし》りスマホはもちろん、歩《ある》きスマホもたいへん危険《きけん》なので、やめましょうね〜。

「それで、与那国《よなぐに》くんの手《て》もスマホも、どろだらけ。あたし、自分《じぶん》のことだったら、ぜんぜん気《き》にしないけど、与那国《よなぐに》くん、あたしのせいでころんじゃったわけじゃない？　だから、ハンカチを貸《か》してあげたの。」

そのときはそれでおわったそうで。ところが、けさ、登校《とうこう》まえに、とつぜん与那国《よなぐに》くんが雷香《らいか》ちゃんのお家《うち》にやってきたんだって。

「なにかと思《おも》ったら、『きのうはハンカチをありがとう。』って。それがね、ちゃんと洗濯《せんたく》して、きちんとたたんであったの。」

へえ～。なんか、意外《いがい》だね。

「意外《いがい》なのは、そのあと！　いっしょに小《ちい》さなはこをくれたの。ピンク色《いろ》して、アルファベットがならんでて、すっごいおしゃれなはこ。で、『これはなに？』ってきいたら、『おかしだよ。』って。『ハンカチを借《か》りたお礼《れい》に。』って、すっごいぶっきらぼうにいうの。」

ほうっ。

「あたし、びっくりしちゃって、『ハンカチを貸《か》したぐらいで、こんなことしなくていいのに。』っていったら、与那国《よなぐに》くん、さらっと『女子《じょし》にお礼《れい》をするときには、これぐらい、ふつうだろ?』っていったのよ!」

なんと! あの、パソコンオタクの秀才《しゅうさい》くんが、そんなおしゃれなこと、いうんだ。

でも、ちょっと、キザ?

すると、雷香《らいか》ちゃんも、おなじように思《おも》ったそうで。

「でも、問題《もんだい》はそのあと。はこをあけたら、すっごいかわいいおかしが入《はい》ってたのよ。手《て》のひらサイズで、まるくて、ピンクやグリーン、紫《むらさき》とか、とにかくきれいな色《いろ》をしててね。」

雷香《らいか》ちゃんは、はじめてみるおかしだったので、名前《なまえ》をきいたそうで。

「そしたら、与那国《よなぐに》くん、おでこにきゅっと

しわをよせて、『……フランスのおかし。』って、ぼそっていうわけ。でも、それはおかしの名前《なまえ》じゃないでしょ？　だから『フランスのなんていうおかし？』って、きいたら、こんどは、うーんって、だまっちゃって。」

「マカロンでしょぉ。ピンクのおしゃれなはこなら、ラデュレのマカロンだよぉ。」

メグ！　いまのお話《はなし》だけで、わかるの？

「ラデュレは有名《ゆうめい》だよぉ。あたしは、ダロワイヨのマカロンも好《す》きだけどねぇ。」

え？　知《し》っててトーゼンダワヨ？　いや、あたしのおやつは、もっぱら干《ほ》しイモか、『ばかうけ』なもので、そういうおしゃれなものは、まったく知《し》りません。

でも、そうかぁ。与那国《よなぐに》くんって、みために よらず、ほんとにキザなんだねぇ。

「なにいってるの、黒鳥《くろとり》さん。ここまで聞《き》いて、まだわからないの？」

へ？　舞《まい》ちゃん、いったいなんの話《はなし》？　百合《ゆり》ちゃんもあきれ顔《がお》してるし……。

「与那国《よなぐに》くん、おかしの名前《なまえ》をこたえられなかったのよぉ？　それでぴんとこないぃ？」

いえ、ぜんぜん。

「もう、ほんとにどんかんなんだから！」

それは、ふだんから、うちの性悪黒魔女《しょうわるくろまじょ》にもいわれてます。とはいえず。

「美里《みさと》さん、どんかんな人《ひと》がひとりいるから、ぜんぶ話《はな》してあげてちょうだい。」

舞《まい》ちゃん、おことばを返《かえ》すようですが、あたし以外《いがい》にも、話《はなし》がみえてない女子《じょし》はいると思《おも》います。だって、灯子《とうこ》ちゃん、里鳴《りお》ちゃん、それに鈴風《すずかぜ》さやかちゃんも、顔《かお》をしかめて、雷香《らいか》ちゃんを見《み》つめてるもの。

「だからね、自分《じぶん》で買《か》ったおかしなら、名前《なまえ》ぐらいわかるはずでしょ？　でも、わからないってことは、だれかに、おしえてもらったってことよ。女子《じょし》にお礼《れい》をするなら、いっしょにおしゃれなおかしをつけるといいって。」

じゃあ、お母《かあ》さんか、だれかにきいたのかな？

「かもしれないけど、あたしの考《かんが》えはちがったの。で、ネットで検索《けんさく》してみたのよ。」

ネットで？

「だって、与那国《よなぐに》くん、パソコンオタクじゃない？　親《おや》にきくより、まずネットで検索《けんさく》するんだろうなって。そうしたら、思《おも》ったとおり！」

『女子《じょし》にハンカチなどを借《か》りたときの、正《ただ》しい返《かえ》し方《かた》』っていうサイトがあったそうで。

そして、そこには、こんなことが書《か》いてあったんだって。
一　そのまま返《かえ》さず、かならず、洗《あら》いましょう。
二　素材《そざい》によって、洗《あら》い方《かた》がちがうので、きちんと調《しら》べ、できれば手洗《てあら》いで。
三　いっしょに、フランスのおかしをつけると、いいでしょう。
「黒鳥《くろとり》さん、わかる？　与那国《よなぐに》くん、ネットで調《しら》べて、そのとおりにしただけなのよ。たぶん、おかしは、お母《かあ》さんかだれかに買《か》ってきてもらったのね。だから、自分《じぶん》でもってきたおかしの名前《なまえ》もわからなかったのよ！」

なるほど。なぞは解《と》けましたね、はい。

で？

「もうっ！　チョコちゃん、ここまで聞《き》いて、まだわからないの？」

な、なによ、灯子《とうこ》ちゃん。

「ギャップだよ、ギャップ！　わかるだろ？」

さやかちゃんまで……。いや、ぜんぜん、わからないんですけど……。

「だからね、勉強《べんきょう》とパソコンにしか興味《きょうみ》ない男《おとこ》の子《こ》が、あたしにハンカチを返《かえ》すために、必死に検索したり、そこに書いてあったとおり、いっしょうけんめい洗濯したり、フランスのおかしを用意《ようい》するなんて、想像《そうぞう》しただけで、胸《むね》キュンでしょ！」

いえ、ぜんぜん。

ところが、あたし以外《いがい》の女子《じょし》はみんな、首《くび》が折《お》れるんじゃないかっていうぐらい、力強《ちからづよ》くうなずいていて。

「わかる〜！　ふだん、ぶっきらぼうな与那国《よなぐに》くんなのに、かわいいって思《おも》うよね！」

「むすっとした男子《だんし》に、急《きゅう》にやさしいことばをかけられると、胸《むね》キュンよね〜。」

「『えっ、うそ。あたしのこと、きらいだと思《おも》ってたのに、ちがうの？』みたいな！」

わ、わからん……。算数《さんすう》のテスト以上《いじょう》に、圧倒的《あっとうてき》にわからん……。

でも、わからないのは、あたし、ひとりだけみたいで。

「っていうかさ。胸《むね》キュンポイントって、ほかにもなくない？」

「あるある！　五年生《ねんせい》のときね、ろうかのポスターをはがそうとしてたの。でも、すごい高《たか》いところにあって、手《て》がとどかなかったのね。そうしたら、通《とお》りがかった六年生《ねんせい》の男子《だんし》が、さっとはずして、『ほらっ。』ってわたしてくれて。で、なにもいわずに、歩《ある》いてったの！」

「ぎゃあ、ぐっとくるぅ〜！」

ど、どこがでしょうか？

「あとさ、ふだん、ちゃらちゃらしてる男子《だんし》が、試合《しあい》に負《ま》けたりして、ぽろっとくやし涙《なみだ》を流《なが》したりしてるのも、胸《むね》キュンだよね〜。」

「ギャップがたまらないよねぇ〜！」

「それからさ、ほとんど話《はな》したことない男子《だんし》から、急《きゅう》に『きみって、がんばり屋《や》なんだね。』とか、ほめられたりすると、うわぁってならない？」

「なるなる〜！」

ああ、もう、いったい、なんの話《はなし》をしているのかすら、わからん！

でも、ぽかんとしているのは、あたしひとりだけ。

ううむ。これって、あたしが、おかしいの？

おまちしておりま

2　男子《だんし》はみんな、アホ、バカ、マヌケ、おたんこなす、すっとこどっこい、です

「ただいまぁ……。」

ふう……。今日《きょう》は四時間授業《じかんじゅぎょう》だっていうのに、つかれまひた。

学力《がくりょく》テストもそうだけど、みんなの「胸《むね》キュン」話《ばなし》に、ぐったり……。

ちょっと、午後練《ごごれん》は、軽《かる》めにならないか、おねがいしてみよ……。

あれ？　ギューピッドがいないよ？　どこ行《い》ったんだろ？

って、あたしのベッド、おふとんがもりあがってるね。朝《あさ》、起《お》きたとき、ちゃんとベッドメークをしたはずなのに……。

むむ？　もしや……。

あたしは、がばっと、おふとんをめくってみた。

「うわぁ！」

大声《おおごえ》をあげたのは、まっくろなかたまり。よくみれば、それは、頭《あたま》をかかえ、せなかをまるめて、うずくまっているギューピッドで。

「ギューピッドさま！　いったい、なにやってるの！」

すると、カメがこうらから頭《あたま》を出《だ》すみたいに、黒革《くろかわ》コートの下《した》から美人顔《びじんがお》があらわれて。

「な、なんだ、チョコか……。」

ギューピッドったら、深々《ふかぶか》とためいきをつきながら、むくっとおきあがった。

そのお顔《かお》をみて、またびっくり。だって、まっしろなんだもの。

いや、ギューピッドは、性格《せいかく》はともかく、すきとおるように美《うつく》しいおはだの持《も》ち主《ぬし》だから、お顔《かお》はいつもまっしろなんだけど、そういう意味《いみ》じゃなくて、顔面蒼白《がんめんそうはく》っていうやつで。

「なにか、あったの？」

「アリアリの大《おお》アリクイ！」

また、それですか……。最近《さいきん》、多《おお》いね、そのオヤジギャグ。

「チョコ！　この家《いえ》は呪《のろ》われてるぜ！」

は？

「だぁかぁらぁ！　この家《いえ》は、『死霊館《しりょうかん》』より、『ゴースト・ハウス』より、『悪魔《あくま》の棲《す》む家《いえ》』よりおそろしい、最悪《さいあく》な家《いえ》だっていってんだよ！」

そりゃそうでしょ。ここは『黒魔女《くろまじょ》の棲《す》む家《いえ》』なんだから。

「おまえ、あたしのこと、バカにしてるだろ。いまのは、家《いえ》を舞台《ぶたい》にしたホラー映画《えいが》のタイトルなの。この家《いえ》に起《お》きたできごとより、もっとおそろしいことが、映画《えいが》にあるのかと思《おも》って、調《しら》べたの。でも、ないんだよ。この家《いえ》がいちばんおそろしいの。」

あのう、ホラー映画《えいが》のタイトルはどうでもいいので、なにがあったのか、もっと具体的《ぐたいてき》に話《はな》していただけませんか？

で、みなさんの予想《よそう》どおり、ギューービッドの話《はなし》はむだに長《なが》かったので、まとめると。
一　ママがでかけたので、リビングで、干《ほ》しイモを食《た》べながら『なかよし』を読《よ》んでいた。
二　すると、とつぜん、エアコンのスイッチが入《はい》った。さらに、灯《あか》りもついた。

「もちろん、あたしは、エアコンなんか入《い》れてないぜ。灯《あか》りのスイッチにも、手《て》をふれてない。ってことはだ、これはまぎれもなく、ポルターガイスト現象《げんしょう》だろ！」

えー、オカルトにくわしくないかたもいらっしゃると思《おも》うので、ここで、前回《ぜんかい》からはじまった『黒魔女《くろまじょ》さんの黒魔法《くろまほう》ウンチク』コーナーの第《だい》二回《かい》として、ポルターガイスト現象《げんしょう》の説明《せつめい》をいたしまーす。

ポルターガイスト現象《げんしょう》とは、だれもいないのに、あるいは、だれも手《て》をふれていないのに、ひとりでに物《もの》が動《うご》きだす現象《げんしょう》のことです。

ペンとかカバン、つくえやイス、さらには、タンスとかベッドまでが、宙《ちゅう》に舞《ま》いあがったりして、音《おと》はうるさいし、みためにもハデなので、ホラー映画《えいが》によく登場《とうじょう》します。

で、ほんとにそんなことがあるのかといえば……。

低級《ていきゅう》とはいえ黒魔女《くろまじょ》さんのあたしは、うそっぽいなって思《おも》ってます。

なぜって、「ポルターガイスト」はドイツ語《ご》の、「ポルター」＝「騒《さわ》がしい」と「ガイスト」＝「幽霊《ゆうれい》」を組《く》み合《あ》わせたことばで、つまり「騒《さわ》がしい霊《れい》」っていう意味《いみ》。

でも、ギュービッドは、まえからいってるじゃない？『霊《れい》なんかいないの。人間《にんげん》は死《し》んだら、灰《はい》になって、ハイさよなら、なの。』って。

「だから、ギュービッドさま。霊《れい》がいないなら、『騒《ポルターガイスト》がしい霊』もいないんじゃない？」

そうしたら、ギュービッドったら、鼻《はな》のあなをぷかぁっとひろげちゃって。

「だったら、ママさんのことは、どう説明《せつめい》するんだよっ。」

え？　ママがどうかしたの？

「しばらくして、ママさんが帰《かえ》ってきたんだけどさ……。」

ママは、いきなり、エアコンにむかって、話《はな》しかけたんだって。

『あらぁ、おりこうさんねぇ。ちゃんとついてるわ。』って。

「ママさん、悪霊《あくりょう》に取《と》りつかれちゃったんだぜ。かわいそうだと思《おも》わないか？」

一年《ねん》まえから黒魔女《くろまじょ》に取《と》りつかれてるあたしは、かわいそうだと思《おも》わないのでしょうか。

「ギュービッドさま、それ、ポルターガイストでも、悪霊《あくりょう》でもなくて、スマホを使《つか》っただけだと思《おも》うけど。」

このあいだ、ママがいってたんだよ。スマホにリモコンのアプリとやらを入《い》れると、外《がい》出中《しゅっちゅう》でも、お家《うち》のエアコンや電気《でんき》のスイッチを、入《い》れたり切《き》ったり、できるんだって。

どういうしくみか、あたしにも、わからないんだけどね、とにかく、スマホがリモコンみたいになるんで、めっちゃ便利《べんり》なんだそうで。

そうしたら、ギューピッドの顔《かお》、みるみるまっ赤《か》になって。

「リモコンだと！　それ、いったいどんなコンテストだ！　美少女《びしょうじょ》コンテストか、美魔女《びまじょ》コンテストか？　とにかく、すぐに申《もう》しこみ方法《ほうほう》を調《しら》べろ！　あたしは魔界《まかい》の美少女《びしょうじょ》コンテストで、十年連続《ねんれんぞく》で優勝《ゆうしょう》したんだ。ぜったい、優勝《ゆうしょう》してみせるぜ！」

十年連続《ねんれんぞく》はうそでしょ。はじめてコンテストに出《で》たのは何歳《なんさい》か知《し》りませんが、「少女《しょうじょ》」も、十年《ねん》たったらもう「少女《しょうじょ》」じゃないと思《おも》いますが。

「ギューピッドさま、リモコンはコンテストじゃないの。『リモートコントローラー』。」

あたしは、つくえの上《うえ》にあった、エアコンのリモコンをつかんだ。そして、エアコンにむかって、ピッと、ボタンをおすと。

ウィーン。

ほらね。手《て》をふれていないのに、スイッチが入《はい》ったでしょ。

これとおなじことを、ママは、スマホでやったというわけ。

「リモートコントローラー……。外出中《がいしゅつちゅう》でもコントロールができる……。うーむ……。」

ありゃりゃ、急《きゅう》に考《かんが》えこんじゃったよ。もしかして、また、パクろうとしてる？

魔界《まかい》の人《ひと》は、『ス魔《ま》ホ』に『魔《ま》プリ』を入《い》れて使《つか》うらしいからね。だとしたら、どんな名前《なまえ》になるのかな？

『リ魔《ま》ート・コントローラー』？『魔《ま》モート・コントローラー』？

「……チョコ、あたし、ちょっとでかけてくるぜ。」

え？　どこへ？

いや、そんなこと、きいちゃだめだね。だって、これから午後練《ごごれん》でしょ。でも、ギュービッドがでかけるなら、うまくすれば、お休《やす》みになるかもしれないもの。ここは、気持《きも》ちよく、送《おく》りだしてあげ魔性《ましょう》〜。

「うん、いってらっしゃい！」

「帰《かえ》るの、もしかしたら、夜《よる》になるかもしれないぜ。」

「どうぞ、どうぞ、ごゆっくり〜。」

「午後練《ごごれん》は、これをおぼえとけ。」

え？

ギュービッドが、つくえの上《うえ》に、ぶ厚《あつ》い本《ほん》をおいた。

『魔界科死霊集《まかいかしりょうしゅう》』。

「夜練《よるれん》で、テストするからな。ちゃんとぜんぶ、おぼえとけよ。」

……ああ、学校《がっこう》につづいて、お家《うち》でもテストとは。黒魔女修行《くろまじょしゅぎょう》、つらすぎます……。

★

つぎの日《ひ》。

教室《きょうしつ》に入《はい》ってみると、女子《じょし》のみなさん、教室《きょうしつ》のうしろに集合《しゅうごう》していて。

「うんうん、それも胸《むね》キュン～！」

はあ……。今日《きょう》も、朝《あさ》っぱらから、その話《はなし》ですか。

しかし、いま、教室《きょうしつ》には男子《だんし》がいっぱいいるんだよ。こんな話《はなし》、聞《き》かれてもいいのかな。一組《くみ》の男子《だんし》なんか、目《め》じゃないってこと？　それとも、反対《はんたい》に、わざと聞《き》かせてる？

「あとさ、ごはんをもりもり食《た》べる男子《だんし》って、胸《むね》キュンじゃない？」

「わかるぅ。でも、食《た》べ方《かた》がきたない男子《だんし》は、どん引《び》きよねぇ。」

あれ？　男子《だんし》たち、ふざけあったり、ゲームの話《はなし》をしたりしてるけど、みんな、女子《じょし》の話《はなし》に、耳《みみ》をそばだててない？　やっぱり、気《き》になるのかなぁ。

「あたしねぇ、なにかはじめるとき、がばっとうでまくりをする男子《だんし》に、キュンとする。」

はあ？　うでまくりに胸《むね》キュン？

「それに似《に》てるやつでいうと、体育《たいいく》のとき、顔《かお》にかいた汗《あせ》を、『あっちー。』って、豪快《ごうかい》にうでぬぐったりするのもいいよねぇ。」

そうかなぁ。汗《あせ》をふくときは、ハンカチを使《つか》うべきじゃない？

と、そのとき、教室《きょうしつ》の入《い》り口《ぐち》に、小《ちい》さな人《ひと》かげが。

「……お兄《にい》ちゃん。……お兄《にい》ちゃん。」

あ、ショートカットの髪《かみ》に、ふっくらほっぺ。大《おお》きなハートのついたエプロンみたいなお洋服《ようふく》を着《き》たあの女《おんな》の子《こ》は、麻倉良子《あさくらりょうこ》ちゃん！

良子《りょうこ》ちゃんは、桃花《とうか》ちゃんとおなじクラスの三年生《ねんせい》。そして、麻倉良太郎《あさくらりょうたろう》くんの妹《いもうと》。

お兄《にい》ちゃんのことが大好《だいす》きなせいか、麻倉《あさくら》くんがあたしにアタックするのが、気《き》に入《い》らないらしく、あたしのことを『魔性《ましょう》の女《おんな》』よばわりするのよね。

でも、いまは、あたしには目《め》もくれず、すがるような目《め》で麻倉《あさくら》くんをよんでる。

そこへ、麻倉《あさくら》くん、むすっとしたまま、近《ちか》づいていき。

「もってきたか。」

「うん！　はい、体操服《たいそうふく》！」

ははあ。麻倉《あさくら》くん、今日《きょう》、体育《たいいく》の授業《じゅぎょう》があるのに、体操服《たいそうふく》をわすれたんだね。それで、良子《りょうこ》ちゃんにもってきてもらったんだ。いいねぇ、かわいい妹《いもうと》がいて。

ところが、麻倉《あさくら》くんったら、良子《りょうこ》ちゃんの手《て》から、体操服《たいそうふく》の袋《ふくろ》を、ひったくるように受《う》けとると、なにもいわず、自分《じぶん》の席《せき》へすたすたと歩《ある》いていっちゃった。

良子《りょうこ》ちゃんは、しばらく、ぽつんとその場《ば》に立《た》っていたけど、やがて、かなしそうにうつむくと、とぼとぼと自分《じぶん》の教室《きょうしつ》へもどっていき。

なんだか、かわいそう。わざわざわすれものをとどけてくれたんだから、ありがとうのひとことぐらい、いえばいいのに。

「麻倉《あさくら》くんって、ひどくない？　妹《いもうと》をまるで自分《じぶん》の家来《けらい》みたいにあつかってさ。」

「妹《いもうと》を、自分《じぶん》の好《す》きなように、コントロールできると思《おも》ってんのよ。」

「『イモートコントローラー』でも、もってるつもりなのかも。」

うわっ、それ、リモートコントローラーのオヤジギャグ？　でも、ギュービッドのダジャレよりは、いいね。

「とにかく、そういう男子《だんし》には、ぜんぜん胸《むね》キュンしないよねぇ。」

おおっ、この二日間《ふつかかん》で、はじめて、ほかの女子《じょし》のみなさんと意見《いけん》が一致《いっち》しました。

でも、それは、ほんの一瞬《いっしゅん》だけのことだったようで。

「ねえねえ、男子《だんし》が消《け》しゴムとか貸《か》してっていってくるとき、両手《りょうて》を合《あ》わせて『おねがいっ。』ってされると、『いいよっ。』ってならない？」

「なるぅ。あと、こっちが本読《ほんよ》んだりして、うつむいているとき、『あのう、わるいんだけどさぁ。』って、下《した》からのぞきこまれると、キュンってなる。」

はぁ～。聞《き》けば聞《き》くほど、あたしにはついていけない世界《せかい》……。

ま、いいです。あたしには、あたしの世界《せかい》がありますので。とにかく、朝《あさ》の会《かい》がはじまるまで、『魔界科死霊集《まかいかしりょうしゅう》』の復習《ふくしゅう》をしようっと。ゆうべのテストでは、半分《はんぶん》しか正解《せいかい》できなくて、再《さい》テストになっちゃったからね。

ええっと、なになに？　『クーンチアッハ』は、『バンシー』とおなじだが、もっとどう猛《もう》でおそろしい、か。うーむ……。

「黒鳥《くろとり》って、がんばり屋《や》なんだね。」

へ？　あ、東海寺《とうかいじ》くん。な、なんなの、急《きゅう》に？

っていうか、東海寺《とうかいじ》くんがそういうことというと、とうぜん、おとなりの麻倉《あさくら》くんがだまっているはずもなく……。

あれ？　無言《むごん》……。

びっくりして、思《おも》わず、左《ひだり》がわをみると。

麻倉《あさくら》くん、くやしそうなお顔《かお》をしてる。と思《おも》ったら、ぽろっと涙《なみだ》が！

はあ？　どうして、泣《な》いてるの！

……あ、もしや。

きのう、だれかがいってたっけ。

『あとさ、ふだん、ちゃらちゃらしてる男子《だんし》が、試合《しあい》に負《ま》けたりして、ぽろっとくやし涙《なみだ》を流《なが》したりしてるのも、胸《むね》キュンだよね〜。』

『ほとんど話《はな》したことない男子《だんし》から、急《きゅう》に「きみって、がんばり屋《や》なんだね。」とか、ほめられたりすると、うわぁってならない？』

もうっ！

ふたりとも、アホです、バカです、マヌケで、おたんこなすで、すっとこどっこいです！

あたしは、そんなことで、胸《むね》キュンなんか、しないんですっ。

ところが、すっとこどっこいなのは、ほかの男子《だんし》もおなじなようで。

一時間《じかん》めの授業《じゅぎょう》がはじまると、要陸《かなめりく》くんが、

「ボン！　授業《じゅぎょう》をはじめましょうか！」

と、元気《げんき》よくいうと、いきなり、うでまくりをはじめた。でも、おじさんみたいな上着《うわぎ》を着《き》ているもんだから、うまくそでがまくれず、おたおた。

でも、それをみた男子《だんし》たち、負《ま》けじとうでまくり。

かと思《おも》えば、二時間《じかん》めには、いつもいねむりしている葉月星夜《はづきせいや》くんが、

「んがっ！　あっちーなぁ！　んがっ！」

と、ねむったまま、顔《かお》の汗《あせ》をぬぐうと、男子《だんし》たちも、

「あっちー！」

まだ四月《がつ》の末《すえ》なのに、汗《あせ》なんか、かくはずないでしょ！

そう、みんな、女子《じょし》がいってた胸《むね》キュンな行動《こうどう》を、まねしてるんだよ。

そして、そのおバカぶりは、給食《きゅうしょく》の時間《じかん》にはマックスになり。

いつも環境《かんきょう》にやさしい行動《こうどう》を心《こころ》がけているという、みためもやさしい古島真紅《こじましんく》くんが、

「おいしいです！　残《のこ》したらエコじゃありません！」

と、ばくばくと給食《きゅうしょく》を食《た》べはじめたかと思《おも》うと、あっというまに、おかずのおかわりの列《れつ》にならび、かと思《おも》えば、日向太陽《ひなたたいよう》くんは、

「ガッツ！　元気《げんき》な第一小《だいいちしょう》っ子《こ》は、最後《さいご》の米《こめ》ひとつぶまできれいに食《た》べるぞ、ガッツ！」

とさけびながら、必死《ひっし》におはしでごはんつぶをつまみ、そして横綱《よこづな》は、

「ぐすっ。きれいに食《た》べてたら、時間《じかん》がかかりすぎて、おかわりができなかった……。」

バカです。男子《だんし》って、ほんとうにバカです。

そこまでして、胸《むね》キュンされたいなんて、完全《かんぜん》に理解不能《りかいふのう》death《です》……。

3　黒魔女《くろまじょ》さんは、ドジ子《こ》さん？

そんなこんなで、ようやく帰《かえ》りの会《かい》になり。

「それじゃあ、みんな！　ゴールデンウイーク、たのしんでくれよ！」

松岡先生《まつおかせんせい》が、バラエティ番組《ばんぐみ》の司会者《しかいしゃ》きどりでさけぶと、すぐに舞《まい》ちゃんが、

「先生《せんせい》！　わが六年《ねん》一組《くみ》は、あしたのデイキャンプに自主的《じしゅてき》に全員参加《ぜんいんさんか》するんです！」

「お、おう、そうだったな。じゃあ、みんな、またあした！」

これじゃあ、明日《あす》が休日《きゅうじつ》とは、とても思《おも》えませぬ。とにかく、図書室《としょしつ》へ行《い》こうっと。連《れん》休《きゅう》のまえは、本《ほん》を借《か》りにくる人《ひと》が、いつもより多《おお》いからね。けっこういそがしい……。

「あ、おねえちゃ〜ん！」

ん？　ろうかのむこうから走《はし》ってくるのは、桃花《とうか》ちゃん！

もちろん、学校《がっこう》では、小三《しょう》の大形桃《おおがたもも》ちゃんのすがただけどね。

「おねえちゃん、あさってのサバト、ぜったいに来《き》てくださいね！」

え？　サバト？　四月三十日《がつにち》っていえば……。

ああっ！　ベルテインのサバトか！　そして、桃花《とうか》ちゃんの誕生日《たんじょうび》！

「午後二時《ごごじ》から、『モリカワ』でやりますからね！　わすれないでくださいね！」

う、うん、それはもちろん……。

しっかし、こまったな。お誕生日《たんじょうび》ってことは、プレゼントが必要《ひつよう》だよね。ちゃんとおぼえてたら、そのつもりで、おこづかいもためておいたんだけど、いまはすっからかん。

すると、あたしを見《み》つめていた桃花《とうか》ちゃんの目《め》が、ピンク色《いろ》にきらり。

「おねえちゃん、もうわすれちゃったんですか？　魔界《まかい》では、誕生日《たんじょうび》プレゼントは、誕生《たんじょう》日《び》をむかえた人《ひと》が、お客《きゃく》さんにあげるんですよ。」

あっ、そうでした。ギューービッドのお誕生日《たんじょうび》のときも、お祝《いわ》いをしたあたしたちのほうが、いろんなものを、もらったんだっけ。

「ほんとうをいうと、あたし、先輩《せんぱい》たちからのお返《かえ》しも期待《きたい》してるんですけどね。でも、おねえちゃんは、級《きゅう》も下《した》だし、気《き》をつかわなくていいですよ。それより……。」

そこで桃花《とうか》ちゃん、ぐっとあたしに近《ちか》づいて。

「おねえちゃん、プレゼントはなにがほしいですか？」

うーん、そういわれてもねぇ。いただけるのは、魔界《まかい》グッズでしょ？ 黒魔女《くろまじょ》さんとはいえ、あたしは人間《にんげん》なので、グロいものは苦手《にがて》だから。

「それはだいじょうぶです。人間界《にんげんかい》でも役《やく》に立《た》ちそうなものも、いろいろ準備《じゅんび》してますから。ついさっきも、魔界《まかい》からとどいたものがあるんですよ。そうですねぇ、おねえちゃんだったら、胸《むね》キュングッズとかどうですか？」

は？

「男《おとこ》の子《こ》を、自分好《じぶんごの》みの胸《むね》キュン男子《だんし》に変身《へんしん》させる魔界《まかい》グッズがあるんですよ。たとえば、むすっとしている男子《だんし》を、プリティーにしちゃうお茶《ちゃ》とか、どうです？ ふだんはみせないすがたに、胸《むね》キュンすること、まちがいなしですよ。」

い、いや、それは……。

「秀才男子《しゅうさいだんし》に、くだらないギャグをいわせるカレーもありますよ。ぜったいにおもしろいことなんかいいそうにない人《ひと》が、『カレーはかれぇ〜。』なんていうと、『あんな一面《いちめん》があるなんて！』って、キュンとするじゃないですか。」

ど、どうかな……。

「あと、これも食《た》べものなんですけど、男子《だんし》をあごで使《つか》えるグッズもありますよ。」

あごで使《つか》える？

「いいなりにできるってことです。ほら、生徒会長《せいとかいちょう》の一路先輩《いちろせんぱい》が、出雲《いずも》って人《ひと》に命令《めいれい》してるでしょう？　あれですよ。男子《だんし》が『はいっ、ただいま！』って、いったとおりにしてくれるのって、意外《いがい》に、ぐっとくるもんなんですよ。」

そ、そうとは思《おも》えないけど……。

「とにかく、考《かんが》えておいてくださいね！　それじゃあ！」

桃花《とうか》ちゃん、ニコニコ顔《がお》で、走《はし》っていってしまい……。

はあ……。桃花《とうか》ちゃんも、胸《むね》キュン男子《だんし》に興味《きょうみ》があるのか……。あたし、お洋服《ようふく》とか、お友《とも》だちのうわさ話《ばなし》とか、アイドルとかドラマとか、みんなが好《す》きそうなものには、むかしから興味《きょうみ》なかったのよね。だから、いつだって、話《はなし》の輪《わ》に入《はい》れず、浮《う》いてる存在《そんざい》だった。

でも、なんとも思《おも》わなかったんだよ。っていうか、むしろ気《き》らく。友《とも》だちとわいわい騒《さわ》ぐより、ひとりでまったり、マンガや本《ほん》を読《よ》んでるほうが、ずっとたのしいし。

しかし、ここまで、みんなと趣味《しゅみ》がちがうとなると、さすがに考《かんが》えちゃうね……。

あたし、女《おんな》の子《こ》として、どこか、おかしいのかなぁ。

首《くび》をひねりながら、図書室《としょしつ》へ入《はい》ったとたん。

「おつかれさまです、黒鳥先輩《くろとりせんぱい》！」

いきなり、黄色《きいろ》い声《こえ》の大合唱《だいがっしょう》。

みると、貸《か》し出《だ》しカウンターのむこうで、かわいい女子《じょし》が三人《にん》、にっこり。

あ、五年生《ねんせい》の図書委員《としょいいん》さんたちですね。お名前《なまえ》は、ええっと……。

すると、三人《にん》は、とつぜん、気《き》をつけの姿勢《しせい》に。と思《おも》ったら、こんどは、左《ひだり》から順番《じゅんばん》に、体《からだ》をぴっ、ぴっ、ぴっと右《みぎ》にむけ、右手《みぎて》でピースのサイン。

「五年《ねん》一組《くみ》、大木綾乃《おおきあやの》でーす。」

「五年《ねん》二組《くみ》、樫野結花《かしのゆか》でーす。」

「五年《ねん》三組《くみ》、西崎彩花《にしざきあやか》でーす。」

「三人《にん》そろって、『図書館少女隊《としょかんしょうじょたい》』でーす。」

そうでした。ごめんね、記憶《きおく》レスなもので、なかなかお名前《なまえ》をおぼえられなくって。

それにしても、図書館少女隊《としょかんしょうじょたい》さん、今日《きょう》もばっちり決《き》めてるね。

髪型《かみがた》は、それぞれ、ショートボブ、前髪《まえがみ》ぱっつんのロング、ポニーテール。

で、お洋服《ようふく》は、白地《しろじ》に、赤《あか》や黄《き》、ブルーの模様《もよう》が花火《はなび》みたいにひろがった、カラフルでポップな、ミニワンピ。

ほんと、どこからみても、まるで、どこかのアイドルみたいです。

「『まるで』じゃないです。あたしたち『図書館《としょかん》アイドル』をめざしてるんです。」

「先輩《せんぱい》、あたしたちがお手本《てほん》にしているアイドルグループ、もうわかりますよね！」

「曲《きょく》はエレクトロポップで、ダンスがめっちゃじょうずなんです。こんなふうに！」

そういうと、三人《にん》は、その場《ば》で、ぱぱっとステップをふんだ。

ごめんね、そっち方面《ほうめん》にも、あいかわらず、くわしくないもので。

それより、六年生《ねんせい》はあたしだけ？

「はい。六年《ねん》二組《くみ》と三組《くみ》の先輩《せんぱい》たちは、風邪《かぜ》でお休《やす》みなんじゃぁ。」

「その点《てん》、黒鳥《くろとり》委員長《いいんちょう》は、体《からだ》がじょうぶなようで、よかったのう。」

「そうじゃ。やっぱり、バカは風邪《かぜ》ひかないって、いうけんのう。」

はぁ？

「あ、いけない！　すいません。つい広島弁《ひろしまべん》が出《で》ちゃって。」

「じつは、あたしたち、三人《にん》そろって、広島県出身《ひろしまけんしゅっしん》なんです。」

「思《おも》わず口《くち》をつく方言《ほうげん》も、グループの売《う》りのひとつなんです。」

いや、あたしがひっかかったのは、そこではなく……。

まあ、いいです。とにかく、貸《か》し出《だ》しのほう、よろしくおねがいします。あたしは、返《へん》却《きゃく》された本《ほん》の整理《せいり》をしますので。

お休《やす》みまえは、一年生《ねんせい》から六年生《ねんせい》まで、みんな、たくさん本《ほん》を借《か》りにきてくれるから、ぼうっとしていると、本《ほん》だなが、すかすかになっちゃうのよね。

とにかく、返却本《へんきゃくぼん》を、早《はや》く、たなにもどさなくちゃ。

あたしは、本《ほん》を山《やま》ほどかかえて、本《ほん》だなのほうへ。

ええっと、この図鑑《ずかん》はいちばん上《うえ》のたなかぁ。と、とどくかなぁ……。

あたしは、つまさきだって、必死《ひっし》に右手《みぎて》をのばした。ところが、図鑑《ずかん》は重《おも》いうえに、左《ひだり》

手《て》には本《ほん》をいっぱいかかえていたもんだから、思《おも》わず、ふらっとなって。
「わわっ。い、いかん、こけちゃいそう……。」
そのとき、うしろから、がしっと、せなかをおさえられた。
それから、たなにむかってさしだした図鑑《ずかん》がうばいとられ。
あれっと思《おも》ったときには、図鑑《ずかん》は、すっぽりと、たなにおさまっていて。
びっくりしてふりかえると、そこには、すらりとした男子《だんし》がひとり立《た》っている。
ふんわりとカールした髪《かみ》、ぱっちりとした目《め》、やさしそうな笑《え》み。そして、左手《ひだりて》には、リスのぬいぐるみ。

「お、大形《おおがた》くん！」

　ところが、大形《おおがた》くん、あたしにむかって、リスのぬいぐるみを、こくっと、うなずかせると、そのまま、なにもいわずに図書室《としょしつ》から出《で》ていってしまい。

し、信《しん》じられん……。大形《おおがた》くんが、たすけてくれた……。

「うわぁ、うらやましいのう！」

「こういうの、たまらんけん！」

　あ、あなたたち……。

「五年《ねん》一組《くみ》、大木綾乃《おおきあやの》でーす。」

「五年《ねん》二組《くみ》……。」

　それはもうわかってます！

　それより、広島県《ひろしまけん》、じゃなかった、たまらんけんって、なにが？

「だって、手《て》がとどかなくてこまっているとき、背《せ》の高《たか》い男子《だんし》が、すっとたすけてくれるなんて、胸《むね》キュンじゃないですか！」

……また、それかぁ。

でも、いい機会《きかい》だから、ちょっときいてみよう。

「ねえ、胸《むね》キュンって、どういうこと？　クラスの女子《じょし》も、よくそういうことといって、もりあがってるんだけど、あたし、そういうの、ぜんぜんわからないんだよ。」

そうしたら、図書館少女隊《としょかんしょうじょたい》のみなさん、目《め》をまんまるにして。

「さりげなーく、自分《じぶん》はモテてるアピールじゃ……。」

「男子《だんし》になんか、興味《きょうみ》ないって、ふりしてなぁ……。」

「さすがはあやしげな魔法少女《まほうしょうじょ》。いびせぇのう……。」

ちょ、ちょっと、なにをいいだすの。あたし、そんなアピールなんかしてないよ。

「黒鳥先輩《くろとりせんぱい》は、ほんとに、胸《むね》キュンがわからないみたいだよ。」

「もうじゅうぶん、モテてるから、わかる必要《ひつよう》ないのかもね。」

「先輩《せんぱい》はドジ子《こ》だもん。男子《だんし》は勝手《かって》に胸《むね》キュンしちゃうのよ。」

ドジ子《こ》？　なんすか、そりは？

「ドジな女《おんな》の子《こ》ってことですよ。」

えー？　あたし、そんなにドジかな？

「ドジですよ～。いつまでたっても、あたしたちの名前《なまえ》をおぼえられないし。」

そ、そうだね……。

「本《ほん》をたくさんかかえたまま、背《せ》のびして、ひとりでこけそうになってるし。」

「失敗《しっぱい》するたびに、『わぁ。』とか『いかん、いかん！』とか、大騒《おおさわ》ぎするし。」

いわれてみれば、たしかにドジ子《こ》だ、あたし……。

「でも、そういうところに、男子《だんし》は『かわいい！』って、胸《むね》キュンするんですよ。」

「ほかの女子《じょし》から、『なんで、あんな子《こ》が？』って、むっとされるタイプですね。」

えええ～？　そ、そんなこと、考《かんが》えたこともなかった……。

「それなら、なおさら、黒鳥先輩《くろとりせんぱい》は、よけいなことは考《かんが》えないほうがいいですね。」

ど、どういうこと？

「ヘタに考《かんが》えると、かえって魅力《みりょく》がなくなりますから。」

魅力《みりょく》……。あたしに、そんなものがあるの？

「はい。ほかの女子《じょし》とちがって、ほんとの出会《であ》いを求《もと》めてるとこが、魅力《みりょく》です。」

ほんとの出会《であ》い？

ないないないない！　そんなもの、ぜんぜん求《もと》めてない！

「いまさら、かくしたってだめですよ、先輩《せんぱい》！」

「学年《がくねん》はちがっても、思《おも》いはおなじなんです！」

「おなじ図書室《としょしつ》のなかま！　心《こころ》はひとつです！」

ちょ、ちょっと、そんなに力強《ちからづよ》くいわないでください！

ほんとの出会《であ》いなんて、一秒《いちびょう》だって、考《かんが》えたことないんですっ。

★

「ただいま……。」

はあ、つかれた……。

最近《さいきん》、自分《じぶん》でも、いつもつかれてるような気《き》がするけど、今日《きょう》はとくにつかれまひた。

とくに、図書室《としょしつ》で五年生委員《ねんせいいいん》さんたちに、いわれたことが、ダメージ大《おお》きい。

ドジ子《こ》、とか、だから男子《だんし》から胸《むね》キュンされる、とか、そのために、女子《じょし》たちからむっとされるタイプだ、とか。って、ドジなのは、自分《じぶん》でもみとめますけど。

でも、『ほんとの出会《であ》い』なんて、求《もと》めてないし。っていうか、それってなに？

ギュービッドにきいてみようかな？

いや、やめとこ。すぐに、『どうして、おまえはそんなに女子力低《じょしりょくひく》いんだよっ。』とかっていって、鼻《はな》のあなをひろげながら、自分《じぶん》の恋《こい》バナを語《かた》ったりするからね。

なんてことを考《かんが》えながら、自分《じぶん》のお部屋《へや》に入《はい》ると。

おや、今日《きょう》は、あぐらをかいて『なかよし』を読《よ》んでないんだね。

ギュービッドったら、顔《かお》をしかめて、お部屋《へや》のなかをうろうろしてるよ。

「どうかしたの、ギュービッドさま？」

「ん？　ああ、ちょっと、さがし物《もの》をな……。」

なんでも、悪魔情《あくまじょう》さんがとどけてくれたはずの物《もの》が見《み》あたらないんだそうで。

「落合川《おちあいがわ》で、トカゲのランチを食《く》ってたらさ、悪魔情《あくまじょう》がぴゅーっと飛《と》んでたんだよ。で、『あれ、いつとどく？』ってきいたら、『あれはもうとどけましたんで、そこんとこ、よろしく〜。』って、ぴゅーっと飛《と》んでっちゃってさ。でも、ないんだよ、あれ。」

あのう、「あれ」ばっかりで、さがし物《もの》がなんなのか、わからないんですけど。

「いいの。おまえにいったって、どうせ、わかりゃしないんだから。それよりさ、チョコ。おまえから、東海寺《とうかいじ》にたのんでくんね？　失《う》せ物《もの》さがししてほしいってさ。」

はあ？　東海寺《とうかいじ》くんが、失《う》せ物《もの》さがしができたのは、知者猫《ちしゃねこ》とかマタゴットとかいう、化《ば》けネコさんの力《ちから》のおかげだったんでしょ？

「しかも、そのネコさんを黒魔法《くろまほう》で消《け》したのは、ギュービッドさまだよ。わすれたの？」

そうしたら、ギュービッドったら、ぺたんとおでこをたたいて。

「そ、そうだったぜ。ちっきしょう、早《はや》まったなぁ……。」

もう、あきれてものがいえません。あたしは、さっさとゴスロリにお着《き》がえして、午後《ごご》練《れん》をはじめさせていただきます。

まずは、再《さい》テストにそなえて、『魔界科死霊集《まかいかしりょうしゅう》』の復習《ふくしゅう》から……。

……『ほんとの出会《であ》い』ねぇ。なんなんだろ、それ？　ほんと、わからん……。

4　大形《おおがた》くんまで、胸《むね》キュンアピール？

「おはよう〜！」

「おはよう〜！　いい天気《てんき》になってよかったね！」

四月二十九日《がつ　にち》の朝《あさ》です。

世《よ》のなかは、今日《きょう》から、ゴールデンウイークのはずです。

でも、第一小《だいいちしょう》の通学路《つうがくろ》は、いつもと変《か》わらず、小学生《しょうがくせい》でいっぱい。

わたくし、黒鳥千代子《くろとりちよこ》も、いつもと変《か》わらず、登校《とうこう》するところで。

って、いや、正直《しょうじき》にいうと、いつもより、つらいかも。だって、両手《りょうて》には、お米《こめ》の入《はい》ったポリ袋《ぶくろ》をさげているわけで。

今日《きょう》は、いよいよ、デイキャンプ。校庭《こうてい》に、テントを張《は》ったり、みんなでお料理《りょうり》をしてたのしむわけだけど、それには、とうぜん、必要《ひつよう》なものがあり。そして、それは、とうぜん、分担《ぶんたん》して運《はこ》んでいくわけで。

あたしの場合《ばあい》は、それがお米《こめ》。「自主的《じしゅてき》に全員参加《ぜんいんさんか》」の六年《ねん》一組《くみ》三十六人分《にんぶん》のお米《こめ》を、あたしが用意《ようい》することになったんだよ。もちろん、お金《かね》はもらえるんだけど、問題《もんだい》は、そこではなく。

お米《こめ》は、右手《みぎて》に二キログラム、左手《ひだりて》に二キログラム、あわせて四キログラム。

重《おも》い、重《おも》いです！　休日《きゅうじつ》だっていうのに、なぜに、こんなめにあうのでしょうか？

ふだんでも、こんなに重《おも》い物《もの》もって、登校《とうこう》なんてしないのに……。

「そうともいえない。」

え？　あ、うしろから来《く》るのは、鈴木薫《すずきかおる》さん！

「ランドセルそのものが約《やく》一・二〜一・五キログラム。教科書《きょうかしょ》六冊《さつ》で、約《やく》一キログラム。そこに、ワークブックやノート、筆《ふで》ばこなどを加《くわ》えれば、三キログラム、給食袋《きゅうしょくぶくろ》や体操《たいそう》服《ふく》、鍵盤《けんばん》ハーモニカなどが加《くわ》われば、合計《ごうけい》四キログラムになることもめずらしくはない。」

薫《かおる》さん、おことばですが、ランドセルは背負《せお》うから、いいんです。でも、手《て》でもつのは、話《はなし》がべつなんです。重《おも》く感《かん》じるし、ポリ袋《ぶくろ》が指《ゆび》にくいこんで、いたいんです。

「ねえちゃん、すごい！　メモメモ！」

重《じゅう》くん、メモ帳《ちょう》しかもっていないのなら、手《て》つだってください……。

「ねえちゃんとおれは、携帯《けいたい》ガスコンロを運《はこ》ぶ係《かかり》なんだよ。」

そうだよね。みんなで分担《ぶんたん》ってことは、それぞれがお仕事《しごと》をしてるってことだよね。

「三百七十五グラムの携帯《けいたい》コンロを、重《じゅう》とふたりで、三つずつ運《はこ》ぶのである。つまり、ひとりあたり、一キログラム百二十五グラムである。」

え？

「ねえちゃん、すごい！　メモメモ！」

ぜんぜん、すごくありません！　おふたりよりも、ずっと重《おも》い物《もの》を運《はこ》んでいるあたしのほうが、圧倒的《あっとうてき》にすごいです！

でも、そんなあたしを無視《むし》して、ウンチク姉弟《きょうだい》は、すたすたと追《お》いぬいていく……。

ああ、この世《よ》に、神《かみ》も仏《ほとけ》もありませぬ。いるのは黒魔女《くろまじょ》だけ。とほほ……。

まあ、いいです。もう校門《こうもん》も、その正面《しょうめん》にある森川瑞姫《もりかわみずき》さんのお店《みせ》もみえてきたもの。

いったん、お米《こめ》をおろして、休憩《きゅうけい》したら、ラストスパートといきま……。

わっ、だれかがお米《こめ》の袋《ふくろ》をつかんだ！　ど、どろぼう！

「人聞《ひとぎ》きのわるいこといわないでほしいねぇ。」

大形《おおがた》くん！

「重《おも》そうだから、もっていってあげるんだねぇ。」

大形《おおがた》くんったら、重《おも》いお米《こめ》の袋《ふくろ》をふたつ、軽々《かるがる》ともちあげると、すたすたと歩《ある》いていく。

あたしは、あわてて、そのあとを追《お》いかけて。

「それはありがたいけど、いいの？　左手《ひだりて》のリスのぬいぐるみ、お米《こめ》の重《おも》みで、ひしゃげてる……。」

「リスの形《かたち》をしてるけど、もとは魔力封印《まりょくふういん》の手袋《てぶくろ》だねぇ。」

「生《い》き物《もの》じゃないんだから、動物虐待《どうぶつぎゃくたい》にはならないねぇ。」

いや、それはそうだろうけど、大形《おおがた》くん、大《おお》きなリュックサックも背負《せお》ってるし。それも、デイキャンプ用《よう》の荷物《にもつ》なんでしょ。なんだか、わるいよ……。

「中身《なかみ》の半分以上《はんぶんいじょう》は、関係《かんけい》ない荷物《にもつ》だねぇ。」

「そうだねぇ。桃《もも》に、モリカワへ運《はこ》んでくれって、たのまれたものだねぇ。」

そうなんだ。だったら、おことばにあまえて……。

それにしても、大形《おおがた》くん、やさしいね。きのうは、図書室《としょしつ》でも、重《おも》い図鑑《ずかん》を本《ほん》だなに入《い》れるの、手《て》つだってくれたし。ちょっと、ぐっとくる……。

って、もしかして、これが、みんなのいっていた、胸《むね》キュンってやつ？

そ、そんなことないよね。たすかるなぁ、とは思《おも》ってるけど、それ以上《いじょう》のことは、なんとも思《おも》ってないもの……。

どぎまぎしながら、大形《おおがた》くんのあとをついて、学校《がっこう》へ。

で、校庭《こうてい》にはもう、たくさんの子《こ》どもたちが集《あつ》まってる。そのなかに、おじさんやおばさんがまじっているけど、あれは、デイキャンプを企画《きかく》した町内会《ちょうないかい》の人《ひと》たちのようで。

「みなさん、おはようございます！」

あ、朝礼台《ちょうれいだい》にのぼっているの、大工《だいく》さんの井江田照蔵《いえたてるぞう》さんだ。

「町内会会長《ちょうないかいかいちょう》の井江田《いえた》です。今日《きょう》は、町内会主催《ちょうないかいしゅさい》のデイキャンプに、こんなにもおおぜいのかたに参加《さんか》いただいて、まことにありがとうございます。」

へえ、井江田照蔵《いえたてるぞう》さんって、町内会長《ちょうないかいちょう》さんだったんだ。人《ひと》はみかけによらないね。

「それにしても、ゴールデンウイークだというのに、親《おや》にどこにもつれていってもらえない、かわいそうな子《こ》どもたちが、こんなにたくさんいるとは、涙《なみだ》が出《で》ますなぁ……。」

は？

「そんな子《こ》どもたちを、ひとりでも救《すく》おうと、デイキャンプを企画《きかく》したわけで……。」

晴《は》れわたった青空《あおぞら》の下《した》、校庭《こうてい》には、しらっとした白《しろ》い霧《きり》が流《なが》れだしました。

それに気《き》づいたのか、おばさんがひとり、朝礼台《ちょうれいだい》の下《した》で、あわあわしはじめて。

「か、会長《かいちょう》……。そういうことといっちゃだめですって……。」

「え？　あ、そう？　と、とにかく、みなさん、今日《きょう》は一日《いちにち》、たのしみましょう！」

というわけで、めっちゃ失礼《しつれい》なごあいさつのあと、あたしたちは、それぞれのグループに分《わ》かれて、準備開始《じゅんびかいし》。

とうぜん、わが六年《ねん》一組《くみ》は、舞《まい》ちゃんの登場《とうじょう》で。

「小島《こじま》くんの班《はん》は、テントを張《は》ってちょうだい！　獅子村《ししむら》くんの班《はん》は、バーベキューの準《じゅん》備《び》！　土釜《つちがま》くんの班《はん》は、テーブルをひろげて！」

ふつうなら、男子《だんし》たちって、「ふぁーい……。」って、気《き》のない返事《へんじ》をして、だらだらと動《うご》きはじめるものなんだけどね。ところが、今日《きょう》はぜんぜんちがう。

「よっしゃ、まかせとけ！」

あちこちで、そう声《こえ》があがったかと思《おも》うと、みんな、がばっとうでまくり。と思《おも》ったら。

「あっちー。」

男子《だんし》たち、いっせいに顔《かお》の汗《あせ》をぬぐいはじめて。

ちょっとまて。まだ、ろくに働《はたら》いてもいないのに、汗《あせ》なんか、かくわけない……。

……そうか。今日《きょう》もまた、胸《むね》キュン男子《だんし》をアピってるんだ。

それにしても、女子《じょし》の話《はな》したとおりのことしかしないのが、わらえます。そんなに、胸《むね》キュンしてもらいたいなら、すこしはオリジナルなことを考《かんが》えればいいのに……。

いや、まてよ……。それじゃあ、さっき、大形《おおがた》くんがお米《こめ》を運《はこ》んでくれたのも、やさしいから、というわけじゃなくて、あたしにアピりたかったからってこと？

きのうの図書室《としょしつ》のことも、わざとやったわけ？

まさか……。だって、大形《おおがた》くんって、そういうキャラじゃないでしょ。ぽわんとしたかわいい男《おとこ》の子《こ》にみえるのは、魔力封印《まりょくふういん》のぬいぐるみのおかげ。その下《した》にかくされている素顔《すがお》は、凶悪《きょうあく》な黒魔法使《くろまほうつか》い。

最近《さいきん》、魔力《まりょく》ももれぎみらしいし、そんな大形《おおがた》くんが、胸《むね》キュン男子《だんし》をアピるなんて、悪《あく》魔《ま》ベルゼブルにでも、あやつられないかぎり、考《かんが》えられないよ。

「ねえ、おしょうゆやお塩《しお》は、だれがもってくる係《かかり》？」

「ぼくだねぇ。そこにおいたリュックのなかに、ぜんぶ入《はい》ってるねぇ。」

「さとうも、小麦粉《こむぎこ》も、油《あぶら》も、みんなあるから、勝手《かって》に取《と》っていけばいいねぇ。」

ほらね。女子《じょし》たちとお話《はな》しする大形《おおがた》くん、いつもとおなじ。うでまくりだってしてないし。

……ってことは、やっぱり、あたしにだけ、やさしくしてくれたってこと？

うーむ……。

「おーい、一路《いちろ》！」

あ、松岡先生《まつおかせんせい》だ。

「この子《こ》たちも、なかまに入《い》れてやってくれ。うちの三年生《ねんせい》と、第二小《だいにしょう》の五年生《ねんせい》だ。」

「わかりました！　さあ、こっちに来《き》て。って、あら？　あなたたち……。」

舞《まい》ちゃん、どうかしたの？

「麻倉《あさくら》くんの妹《いもうと》さんと、東海寺《とうかいじ》くんの彼女《かのじょ》じゃないの！」

なんですとぉ！　それってつまり、麻倉良子《あさくらりょうこ》ちゃんと、そして……。

「あら、顔色《かおいろ》が変《か》わったわね、魔性《ましょう》の女《おんな》。」

海音寺美珠亜《かいおんじみしゅあ》ちゃん……。

麻倉良子《あさくらりょうこ》ちゃんは、おにいちゃま大好《だいす》きな妹《いもうと》。そして、第二小《だいにしょう》の美珠亜《みしゅあ》ちゃんは、東《とう》海寺《かいじ》くんと霊能力《れいのうりょく》で結《むす》ばれていて、将来《しょうらい》は結婚《けっこん》して霊能者《れいのうしゃ》カップルになると、平気《へいき》でいいはなつ女《おんな》の子《こ》。

なので、とうぜん、ふたりにとって、あたしは目《め》のかたきなわけで。

「美珠亜《みしゅあ》おねえちゃんとあたしがいるかぎり、おにいちゃまと東海寺《とうかいじ》くんを、たぶらかすことなんか、できないからね！」

いや、あたし、そんなことしたこと、一度《いちど》もないんですけど。

「ひゅー、ひゅー！　妹《いもうと》にモテモテだな、麻倉《あさくら》！」

「東海寺《とうかいじ》も、彼女《かのじょ》がいるんだから、黒鳥《くろとり》にアタックする必要《ひつよう》ないじゃん！」

おおっ、そうです、そうです、そのとおりです！　エロエースも大谷《おおたに》くんも、もっといってやれ〜！

すると、東海寺《とうかいじ》くん、だだだっと走《はし》ってくると、あたしの前《まえ》に立《た》って。

「黒鳥《くろとり》、聞《き》いてくれ。美珠亜《みしゅあ》は彼女《かのじょ》なんかじゃないんだ。たしかに、おたがいお寺《てら》の子《こ》で、霊能者《れいのうしゃ》だから、つきあいは長《なが》いけど、でも美珠亜《みしゅあ》は妹《いもうと》みたいなもんで……。」

いや、そんなこと、あたしにむかっていわれても……。

東海寺《とうかいじ》くんは、そこで、美珠亜《みしゅあ》ちゃんをくるっとふりかえると。

「美珠亜《みしゅあ》！　兄《あに》として命令《めいれい》する！　いますぐ帰《かえ》れ！」

うわっ、これみよがしに『兄《あに》』ってところ、強調《きょうちょう》してるよ。

すると、これを聞《き》いて、麻倉《あさくら》くんも。

「良子《りょうこ》！　おれも兄《あに》として命令《めいれい》する！　いますぐ帰《かえ》れ！」

ふたりとも、そんな態度《たいど》でいいのかなぁ。妹《いもうと》を自分《じぶん》の好《す》きなようにコントロールできると思《おも》ってる男子《だんし》には、胸《むね》キュンしないって、みんないってたよ。

「ひどいいい方《かた》ねぇ。」

「東海寺《とうかいじ》くんも最低《さいてい》。好《す》きな人《ひと》から『おまえは妹《いもうと》としか思《おも》ってない。』っていわれたら、女《おんな》の子《こ》がどんなに傷《きず》つくか、わかってないのよ。」

ほうらね！

良子《りょうこ》ちゃんと美珠亜《みしゅあ》ちゃん、六年《ねん》一組《くみ》の女子《じょし》を味方《みかた》につけて、にんまり。

いっぽう、女子《じょし》を敵《てき》にまわした、麻倉《あさくら》くんと東海寺《とうかいじ》くんは、しゅん。

あたしにアタックする元気《げんき》もなくなったようで、たすかりました〜。

で、気《き》がつけば、すでに、あちこちに、カラフルなテントが立《た》っていて、さらには、バーベキューのけむりや、ごはんをたく飯《はん》ごうから湯気《ゆげ》もあがっていて。

校庭《こうてい》ってふしぎだよねぇ。運動会《うんどうかい》のときにも思《おも》ったけど、いつもは、がらんとしているくせに、こうして、テントやテーブルやイスをならべたり、みんなでお料理《りょうり》をしたりするだけで、ほんとにキャンプ場《じょう》みたいになっちゃうんだもの。

魔界《まかい》の黒魔法《くろまほう》だけじゃなくて、人間界《にんげんかい》にも、魔法《まほう》みたいなことはあるんだよね。

「めし、たけたぞ～！」

「じゃあ、食《く》おうぜ、食《く》おうぜ！」

お、ごはんタイムですか！　まってました！　あたしも、おなか、ぺこぺこなんです。

「ぐすっ、だれだろ、いなりずしをもってきたの。ぼく、いなりずし、大好《だいす》きぃ、ぐすっ。」

横綱《よこづな》ったら、向井里鳴《むかいりお》ちゃんのまねをしながら、おいなりさんをほおばってる。

うーん、それもおいしそうねぇ。でも、キャンプはやっぱり、バーベキューでしょ。

「おれのカレー、食《く》いたいやつ～！」

おや、エロエースがえらそうにさけんでるよ。

「小島《こじま》くん、えらそうにいわないでよ。それ、レトルトカレーをあたためただけでしょ。」

ほんとだ。桜田杏《さくらだあん》ちゃんがいうとおり、お湯《ゆ》のなかに、銀色《ぎんいろ》の袋《ふくろ》が入《はい》ってるね。

「レトルトだっていいさ。なんだって、外《そと》で食《た》べると、うまいんだよ。」

ぼそっといって、カレーの袋《ふくろ》をひっぱりあげたのは、速水瑛良《はやみあきら》くん。

むすっとしたお顔《かお》で、ひきちぎるように袋《ふくろ》をあけると、白《しろ》いごはんに、どばっとカレーをかけ、ばくばく食《た》べはじめた。それでも、あいかわらず、そのお顔《かお》は無表情《むひょうじょう》で……。

外《そと》で食《た》べるとおいしいって、いったんだから、すこしはたのしそうな顔《かお》をすればいいのに。

でも、速水《はやみ》くんって、そういう人《ひと》だよね。

まじめな秀才《しゅうさい》タイプの与那国《よなぐに》くんとちがって、ワイルドで、ちょっと不良《ふりょう》っぽい秀才《しゅうさい》くん。授業《じゅぎょう》をぬけだして屋上《おくじょう》で本《ほん》を読《よ》んでるくせに、テストはいつも満点《まんてん》。「だって、授業《じゅぎょう》なんて一回《かい》聞《き》けばわかるだろ。」って、ぶっきらぼうにいうんだもの。

「カレーはかれぇなぁ。」

は？

「黒鳥《くろとり》、理科《りか》ちゃんと勉強《べんきょう》したことある？」

な、なによ、速水《はやみ》くん、いきなり。

「そ、そりゃ、あたしだって、勉強《べんきょう》ぐらいしたことありますけど？」

そうしたら、むっつりとカレーを食《た》べていた速水《はやみ》くん、急《きゅう》ににんまりとして。

「えっ、リカちゃんと勉強《べんきょう》したことあるの？　六年《ねん》にもなって、リカちゃん人形《にんぎょう》と勉強《べんきょう》してるなんて、黒鳥《くろとり》、おさないなぁ！」

く、くだらん。そういうことでしたか……。

でも、速水《はやみ》くん、いったいどうしちゃったわけ？

ところが、速水《はやみ》くん、あたしにはかまわず、こんどは杏《あん》ちゃんをふりかえり。

「桜田《さくらだ》って、パン作《つく》ったことある？」

「そりゃあ、うちはケーキ屋《や》だもの。あるわよ。」

「うっそ！　みんな、聞《き》いてくれよ！　桜田《さくらだ》って、パンツ食《く》ったことあるんだって！」

し、信《しん》じられん！

あの速水《はやみ》くんが、エロエースなみのくだらないギャグを連発《れんぱつ》するなんて……。

「ナンカ、胸《むね》キュン、デスゥ。」

あ、マリアちゃん。

「ツッケンドンな男子《だんし》が、とつぜんオモシロイことというと、マリア、キュンとします。」

そ、そうなの？　あたしは、ぜんぜん、そんなことないけど。

ところが、ほかの場所《ばしょ》でも、女子《じょし》たちが、胸《むね》キュン話《ばなし》でもりあがりはじめていて。

「横綱《よこづな》！　お肉焼《にくや》けたみたいだから、あたしのために取《と》ってくれない？」

「はい、ただいま！」

「うわぁ、ああいう体《からだ》の大《おお》きい人《ひと》が、いいなりになってくれるの、胸《むね》キュン～！」

　須々木凜音《すすきりんね》ちゃんが、大《おお》きな目《め》をきらきらさせれば、そのむこうでは、メグが、二組《くみ》の担任《たんにん》で、松岡先生《まつおかせんせい》とはちがって、だれもがみとめるほんもののイケメン教師《きょうし》の衣袋寛三先《いぶくろかんぞうせん》生《せい》と、お話《はな》し中《ちゅう》で。

「カンゾー！　あたしがいれた紅茶《こうちゃ》、おいしい？」

「おいしいよ。おいしすぎて、こんな気分《きぶん》になっちゃうね。」

　だれがもってきたのか、衣袋先生《いぶくろせんせい》ったら、くまのぬいぐるみをつかむと、ぎゅっとだきしめて、にっこり。

「カンゾー、プリティー！　先生《せんせい》が、かわい

いことするの、胸《むね》キュンだよぉ！」

ど、どういうことですか、これ。

でも、みると、校庭中《こうていじゅう》で、男子《だんし》のしぐさや、いってることに対《たい》して、女子《じょし》たちが、胸《むね》キュンだ、胸《むね》キュンだと、大騒《おおさわ》ぎ中《ちゅう》。

それにしても、なんかおかしくない？

横綱《よこづな》はともかく、速水《はやみ》くんとか、まして、衣袋先生《いぶくろせんせい》までが胸《むね》キュンアピールをするなんて、考《かんが》えられないもの。

いったい、どうしちゃったんだろ……。

5　黒魔女《くろまじょ》さんの「ほんとの出会《であ》い」とは？

ところが、おかしなことは、それだけじゃなかったんだよ。

ふと目《め》にした、麻倉《あさくら》くんと東海寺《とうかいじ》くんのすがたに、あたし、がくぜんとしちゃって。

「お兄《にい》ちゃん、良子《りょうこ》にジュースをもらってきてよ。」

良子《りょうこ》ちゃんが、身長《しんちょう》は低《ひく》いのに、いい方《かた》はめっちゃ上《うえ》から目線《めせん》。でも……。

「もちろん！」

麻倉《あさくら》くんったら、矢《や》のように走《はし》りだしていく。

あ、ありえん……。いつも、王《おう》さまが家来《けらい》をこき使《つか》うように、良子《りょうこ》ちゃんをあごで使《つか》っている麻倉《あさくら》くんなのに……。

いっぽう、そのおとなりでも。

「東海寺《とうかいじ》くん、美珠亜《みしゅあ》のために、おにぎり、作《つく》ってよ。」

「いいとも！」

東海寺《とうかいじ》くんも、麻倉《あさくら》くんに負《ま》けじと、ダッシュ。そして、たきあがったばかりのごはんを、「あっちぃ、あっちぃ。」いいながら、いっしょうけんめいに、にぎりはじめた。

あまりの変《か》わりように、あたしは、もうびっくりぎょうてん。おどろきすぎて、自分《じぶん》でも気《き》づかないうち、ふたりに近《ちか》づいてしまい。

「ね、ねえ、麻倉《あさくら》くんも、東海寺《とうかいじ》くんも、いったい、どうしちゃったの？」

ところが、ふたりは、あたしをちらっとみただけ。すぐに顔《かお》をそむけてしまい。

「べつにどうもしてないさ。」

「黒鳥《くろとり》には、関係《かんけい》ないだろ。」

へ？　な、なんていう、そっけない態度《たいど》……。

いや、べつに、アタックされたいわけじゃないし、むしろ、いつもこういうほうがいいけど。にしても、この冷《つめ》たい視線《しせん》と声《こえ》は、ちょっとショック……。

「黒鳥先輩《くろとりせんぱい》、男子《だんし》が女子《じょし》にいらっとする行動《こうどう》、しちゃったんじゃないですか？」

え？　そ、その声《こえ》は……。

「三人《にん》そろって、『図書館少女隊《としょかんしょうじょたい》』でーす。」

それはわかりましたから、あたしがなにをしちゃったのか、おしえてください。

「男子《だんし》には、たとえ好《す》きな女子《じょし》が相手《あいて》でも、いらっとするポイントがあるんです。」

「ひとつは、『彼女《かのじょ》として知《し》っていてとうぜん。』と、うるさく問《と》いつめることですね。」

「たとえば、『だれとあそびに行《い》くの？』『なにをしたの？』と、こまかくきくとかね。」

あたし、そんなことをきいてないけどなぁ。ただ、ふたりとも急《きゅう》に態度《たいど》が変《か》わったのは、どうしてって、きいただけで。

「それが、いかんっていうちょるのになぁ。」

「先輩《せんぱい》、ちっとも、わかっとらんようじゃ。」

「モテすぎて、テングになっとるんじゃろ。」
テ、テング？　いや、あたし、自分《じぶん》ではそんなつもりは……。
「でも、先輩《せんぱい》、そんなに心配《しんぱい》しないでください。」

「あたしたち図書館少女隊《としょかんしょうじょたい》が、ついてますから。」

「いっしょに、ほんとの出会《であ》いを求《もと》めましょう。」

図書館少女隊《としょかんしょうじょたい》さん、そういうと、軽《かろ》やかにステップをふみながら、消《き》えてしまい。

しっかし、テングになってるって、どういうこと？　黒魔女《くろまじょ》さんには、なった自覚《じかく》はあるけど、テングになったつもりはないんだけどなぁ。

それに、ほんとの出会《であ》いって、なに？

麻倉《あさくら》くんや東海寺《とうかいじ》くんのほかに、だれかがいるってこと？

うーむ……。

「おねえちゃん！」

うーむ……。

「おねえちゃんたらっ！」

へ？　あ、桃花《とうか》ちゃん。

「あ、じゃありませんよ。なにをそんなに考《かんが》えこんでいるんですか？」

え？　い、いや、べつに……。ちょっと、個人的《こじんてき》なことで……。

それより、いったいどうしたの？　お顔《かお》がこわいけど、なにかあったの？

「大形《おおがた》はどこですか？　なにか、へんなことありませんか？」

大形《おおがた》くん？　大形《おおがた》くんはむこうにいるけど？　べつにへんなこともないし……。

「おかしいんです。あたし、あしたのサバトのために、荷物《にもつ》をモリカワに運《はこ》んでって、たのんだんですけど、着《つ》いてないんですよ。いったい、どこにもってっちゃったのかなって。」

あ、けさ、大形《おおがた》くん、そんなこといってたね。大《おお》きなリュックを背負《せお》っていたし。

「でも、いわれてみれば、大形《おおがた》くん、モリカワにはよらなかったっけ。」

あたしが運《はこ》んでいたお米《こめ》を、まっすぐに、ここまでもってきてくれたもの。

それを聞《き》いた桃花《とうか》ちゃん、ピンクのお目々《めめ》が、ぎらり。

「なんですって！　それじゃあ、あの荷物《にもつ》は……。ああっ！」

大声《おおごえ》をあげた桃花《とうか》ちゃん、いきなり走《はし》りだした。むかったのは、大形《おおがた》くんのところ、ではなく、地面《じめん》におきっぱなしになった大形《おおがた》くんのリュックサック。

「た、たいへん！　なくなってる！」

なくなってるって、桃花《とうか》ちゃん、いったいなにが？

「魔界《まかい》グッズですよ！　おねえちゃんやギューービッド先輩《せんぱい》、そして森川瑞姫《もりかわみずき》先輩《せんぱい》たちへのお誕生日《たんじょうび》プレゼントとして、たのしいグッズをいろいろ注文《ちゅうもん》していたんです。」

注文《ちゅうもん》どおりの品物《しなもの》かどうかたしかめるため、悪魔情《あくまじょう》さんには、桃花《とうか》ちゃんのお家《うち》へとどけるようにいったんだって。で、それを、けさ、大形《おおがた》くんに、モリカワへ運《はこ》ぶようにおねがいしたそうで。

「桃花《とうか》ちゃん、その魔界《まかい》グッズって、いったいどんなものなの？」

「『プリティー』っていうお茶《ちゃ》に、『いいなりずし』、それに『オカルトカレー』です。」

さすがは魔界《まかい》グッズ、ダジャレのにおいがぷんぷんします。

「ただのダジャレじゃありませんよ、おねえちゃん。ききめだって、ばつぐんなんです。どれも、男《おとこ》の子《こ》の口《くち》に入《い》れれば、あっというまに胸《むね》キュン男子《だんし》にできるんですから。」

胸《むね》キュン男子《だんし》？　ちょ、ちょっとまって。

「桃花《とうか》ちゃん。それって具体的《ぐたいてき》に、どんなききめなの？」

「名前《なまえ》のとおりですよ、おねえちゃん。」

『プリティー』＝飲《の》めば、男子《だんし》とは思《おも》えない、かわいさが、ひきだされる。

『いいなりずし』＝食《た》べれば食《た》べるほど、その男子《だんし》は、女子《じょし》のいいなりになる。

『オカルトカレー』＝あたためて食《た》べるだけで、ひょうきんなことをいいだす。

あああ……。そういうことでしたか……。

「桃花《とうか》ちゃん、それならもう、使《つか》われちゃったみたいだよ……。」

あたしは、六年《ねん》一組《くみ》をゆびさした。

「こっちのウサギのぬいぐるみも、だきしめちゃおう！」

「ぎゃあ〜！　カンゾー、プリティ〜、プリティーすぎるぅ〜！」

「岩田《いわた》くん、洗《あら》い物《もの》もぜんぶおねがいね！」

「もちろん、洗《あら》わせていただきます！」

「泣《な》き虫岩田《むしいわた》くんが、泣《な》かずに、いいなりって、胸《むね》キュン〜！」

「藍川《あいかわ》って、犬《いぬ》のけつかんだことある？」

「ワンちゃんの毛《け》なんて、毎日《まいにち》、つかんでるわ。」

「さすが動物女王《どうぶつじょおう》！　犬《いぬ》のけつ、かんだことあるんだってよ！」

「速水《はやみ》くんが、くだらないギャグをいうの、ギャップがありすぎて、胸《むね》キュン〜！」

おそるべし、魔界《まかい》グッズ……。六年《ねん》一組《くみ》、ぐちゃぐちゃです……。

考《かん》えてみれば、だれかが、大形《おおがた》くんに、おしょうゆのありかをきいたんだっけ。そうしたら、大形《おおがた》くんは、リュックのなかに入《はい》ってるから、勝手《かって》に取《と》っていけばいいって、こたえたんだよね。

あのときに、プリティーやら、いいなりずしやら、オカルトカレーも、みんながもっていっちゃったんだよ。

「ね、ねえ、桃花《とうか》ちゃん、なんとかして、魔界《まかい》グッズのききめを消《け》せないの？」

「無効化黒魔法《むこうかくろまほう》を使《つか》えばいいんですけど、でも、数《かず》が多《おお》すぎて、あたし、ひとりの力《ちから》じゃむりです……。」

そうなんだ。あ、だったら、ギュービッドさまにたのめばいいんじゃない？

「い、いや、それが、ギュービッド先輩《せんぱい》をよぶのは、ちょっと……。」

「ちょっと、気《き》がひけるか？　そうだろうなぁ！」

ギュービッドさま！　ど、どうしてここへ？

それに、どうして、桃花《とうか》ちゃんにむかって、こわい顔《かお》をしてるの？

「桃花《とうか》が、あたしのイモコンを、勝手《かって》に使《つか》ったからだよ。」

イモコン？

「あたしが、魔界《まかい》に注文《ちゅうもん》した魔界《まかい》グッズだよ！　悪魔情《あくまじょう》のやつ、桃花《とうか》へとどける品物《しなもの》に、あたしが注文《ちゅうもん》したイモコンまで、まぎれこませちまったんだよ。でも、そういうときって、ふつうは悪魔情《あくまじょう》に返《かえ》すよな。なのに……。」

ギュービッドったら、黄色《きいろ》い目《め》をピカピカ！

「勝手《かって》にあけたうえに、使《つか》うとは、どういうことだ！」

そのとたん、桃花《とうか》ちゃんの目《め》から、ピンクのなみだが、ぽろぽろっとこぼれた。

「す、すいませんでした！　イモコンをみたら、どうしても使《つか》ってみたくなって……。」

あのう、どうも、あたしだけ、話《はなし》がみえてないみたいなんで、うかがいますが。

イモコンって、いったいなに？

「イモートコントローラーだよ！」

は？　それをいうなら、リモートコントローラーでは？　略《りゃく》してリモコン。

「ちがうの！　これは、妹《いもうと》が、兄《にい》ちゃんや姉《ねえ》ちゃんをコントロールする魔界《まかい》グッズなの。でも妹《いもうと》コントローラーじゃ、中途半端《ちゅうとはんぱ》に和風《わふう》でおかしいだろ？　だから、オールカ

タカナでイモートコントローラー、略《りゃく》してイモコンなの！」

がくっ……。魔界《まかい》の人《ひと》って、そんなところにまで、オヤジギャグを使《つか》うんですか……。

でも、ギュービッドには、お兄《にい》さんもお姉《ねえ》さんもいないはず。どうして、リモコン、じゃなかった、イモコンなんか、買《か》ったわけ？

「あしたは桃花《とうか》の誕生日《たんじょうび》だからだよ。」

なんでも、あしたのベルテインのサバトで、桃花《とうか》ちゃんから誕生日《たんじょうび》プレゼントをもらったら、先輩《せんぱい》として、お返《かえ》しがしたかったそうで。

「桃花《とうか》はいま、大形《おおがた》の魔力《まりょく》もれで苦労《くろう》してるだろ？　イモコンで大形《おおがた》の動《うご》きをコントロールできたら、インストラクター黒魔女《くろまじょ》の仕事《しごと》もやりやすくなるかもって思《おも》ったんだよ。」

なるほど〜。それで、ママがスマホをリモコンがわりにしてるって話《はなし》のとき、はっとした顔《かお》をしたんだね。

うーん、ギュービッドさま、ふだんはともかく、ここぞってときには、めっちゃやさしくて、気《き》がきくんだね！　すてきdeath《です》！

「なのに、あたしったら、先輩《せんぱい》の気持《きも》ちも考《かんが》えず、おもしろ半分《はんぶん》で、大形《おおがた》をあやつったりして……。ほんとに、ごめんなさい……。」

そんなに泣《な》かないで、桃花《とうか》ちゃん。あたしだって、そんなおもしろそうなものがあったら、ぜったい、使《つか》ってみたくなるもの。

「それより、イモコンで、どんなふうに、大形《おおがた》くんをあやつったの？」

「おねえちゃんのクラス、胸《むね》キュン男子《だんし》の話《はなし》でもりあがっていたでしょう？　だから、もし、大形《おおがた》が胸《むね》キュン男子《だんし》の行動《こうどう》をとったら、おねえちゃん、どうするかなって……。」

なんと！　それじゃあ、図書室《としょしつ》でのことも、けさの通学路《つうがくろ》でのことも、大形《おおがた》くん、自分《じぶん》からしたわけじゃなかったのか。

まあ、そういうキャラじゃないとは思《おも》ったけどねぇ。

でも、そうかぁ、あやつられていただけかぁ。うーむ……。

「なんだよ、チョコ。やけに残念《ざんねん》そうじゃないかよ。」

え？　い、いや、そんなこと、ぜんぜん、ありませんよ……。

「でも、それも大失敗《だいしっぱい》でした。大形《おおがた》は、おねえちゃんにアピールしようとするあまり、お米運《こめはこ》びに夢中《むちゅう》になって、魔界《まかい》グッズをモリカワにとどけるのをわすれちゃったんですから。」

それじゃあ、あのリュックには、イモコンも入《はい》っていたんだね。

「で、それは、いったい、どこにあるんだよ。さがさなくちゃいけないぜ！」

その必要《ひつよう》はありません。いままでの話《はなし》で、あたし、ぴーんときましたから。

「イモコンは、あそこですっ！」

あたしは、麻倉《あさくら》くんと東海寺《とうかいじ》くんをゆびさした。

「お兄《にい》ちゃん、アイスクリームが食《た》べたくなっちゃったぁ。」

「すぐに買《か》ってきてやるよ。」

「東海寺《とうかいじ》くん、さっきから、ハエが飛《と》んできて、やだぁ。」

「まってろ、いますぐ虫殺《むしごろ》しの真言《しんごん》を唱《とな》えるから。ノウマクサンマンダラ……。」

みて、良子《りょうこ》ちゃんと美珠亜《みしゅあ》ちゃん、小《ちい》さな機械《きかい》を、交換《こうかん》しあっては、ボタンをおしたりしてるでしょ。

「おおっ、あれこそ、イモコンだぜ！　ようし、ほんじゃあ、ぜんぶまとめて！」

ギュービッドは、にやりとわらうと、右手《みぎて》をあげた。

「ルキウゲ・ルキウゲ・アヌラーレ！」

出《で》ました、無効化黒魔法《むこうかくろまほう》！　さて、ききめは？

「ぐすっ、なんで、ぼくばっかり、洗《あら》い物《もの》させられるんだよ、ぐすっ。」

「くそっ、おれったら、低学年《ていがくねん》みたいなギャグをいってないで、屋上《おくじょう》で、『なぞるだけでおぼえられるルーン魔術《まじゅつ》』を読《よ》まなくちゃな。」

「さすがに、先生《せんせい》はぬいぐるみは、いらないなぁ、紫苑《しおん》さん。」

「わーん、かわいいカンゾーが、よかったのにぃ。」

さすがはギューピッド。魔界《まかい》グッズのききめも、一発《いっぱつ》で、消《き》えたみたい。

良子《りょうこ》ちゃんと美珠亜《みしゅあ》ちゃんも、イモコンのボタンを、首《くび》をひねりながら、なんどもおしてる。きっと、麻倉《あさくら》くんと東海寺《とうかいじ》くんを、コントロールできなくなったんだね。

「そ。そして、あいつらが、またおまえにアタックにくるのも、時間《じかん》の問題《もんだい》だぜ。」

ええっ？　そ、それは、こまります……。

そうしたら、ギューピッドったら、はあっとためいきをついて。

「どうして、そう、恋《こい》にどんかんかなぁ。おまえ、愛《あい》の黒魔女《くろまじょ》ティカさまの孫《まご》だろ？」

いや、そういわれても……。

「ま、いいや。とにかく、あしたのサバトの準備《じゅんび》をしなくちゃな。桃花《とうか》も、いつまでも泣《な》いてないで、いっしょに、モリカワへ行《い》こうぜ。魔界《まかい》グッズなんて、もう一度《いちど》、悪魔情《あくまじょう》にとどけさせればいいんだからさ。」

「……は、はい。」

ギューピッドと桃花《とうか》ちゃん、なかよく校門《こうもん》を出《で》ていきました。よかったです。

そして、六年《ねん》一組《くみ》のほうも、胸《むね》キュン男子《だんし》騒《さわ》ぎはすっかりおちついて、平和《へいわ》なデイキャンプにもどったようで、よかったです。

しかし、ギューピッドのことば、ちょっと気《き》になる……。

『どうして、そう、恋《こい》にどんかんかなぁ。おまえ、愛《あい》の黒魔女《くろまじょ》ティカさまの孫《まご》だろ？』

どうしてだろうね。でも、おばあちゃんだって、魔界《まかい》を捨《す》てて、伊蔵《いぞう》さんと結婚《けっこん》したのも、ただの胸《むね》キュンじゃなかったんじゃないかなぁ。

なんていうの？　もっとまじめな、ほんとの出会《であ》いみたいなのを、感《かん》じたんじゃ……。

「黒鳥先輩《くろとりせんぱい》！」

あ、『図書館少女隊《としょかんしょうじょたい》』のみなさん。

「ほんとの出会《であ》いのために、とってもいいもの、もってきましたよ。」

「ゴールデンウイーク中《ちゅう》に、ほんとの出会《であ》いがあると、いいですね！」

五年生《ねんせい》の三人《にん》の委員《いいん》さん、あたしの手《て》に、小《ちい》さな本《ほん》をおくと、ステップをふみながら、去《さ》っていき……。

な、なんなのよ、いきなり。なんだか、知《し》らないけど、こんな小《ちい》さな本《ほん》っていうか、パンフレットみたいなもので、どうして、ほんとの出会《であ》いが見《み》つかるっていうわけ？

ところが、あたし、その本《ほん》をみたとたん、目《め》が点《てん》に。

『青《あお》い鳥文庫《とりぶんこ》カタログ』

はあ？　……あ、もしかして、ことばの区切《くぎ》り方《かた》が、おかしかったのかも？

『ほんとの・出会《であ》い』

あたしは、てっきりそう思《おも》っていたけど、じつは、

『ほん・との出会《であ》い』

だったんじゃない？

つまり、『本《ほん》との出会《であ》い』……。だ、脱力《だつりょく》……。

でも、あたしには、恋《こい》より、魔界《まかい》グッズより、こっちのほうがずっといいかも。

あたしは、図書委員会《としょいいんかい》の委員長《いいんちょう》なんです。

『ほんとの出会《であ》い』は『本《ほん》との出会《であ》い』！　『花《はな》より団子《だんご》』じゃなくて『花《はな》より本《ほん》』！

ゴールデンウイークは、まったり、読書《どくしょ》をたのしませていただき魔性《ましょう》〜！

（『6年《ねん》1組《くみ》　黒魔女《くろまじょ》さんが通《とお》る!!03』につづく）

チョコの黒魔女《くろまじょ》つうしんぼ

	評《ひょう》価《か》	コメント
課題《かだい》に真剣《しんけん》に取《と》り組《く》む	1 できる 2 ふつう ③がんばろう	修行中《しゅぎょうちゅう》に「たんま！」とはなにごとだぁ～。
わすれものをしない	1 できる 2 ふつう ③がんばろう	家庭訪問《かていほうもん》のお知《し》らせを出《だ》しわすれとは、やっちまったな！
話《はなし》をよく聞《き》く	1 できる 2 ふつう ③がんばろう	「ほんとの出会《であ》い」と「本《ほん》との出会《であ》い」を聞《き》きまちがえるとは……。
他人《たにん》の気持《きも》ちを理解《りかい》する	1 できる 2 ふつう ③がんばろう	女子《じょし》のくせに、胸《むね》キュンが理解《りかい》できないとは、いびせぇのう～。
ねばりづよく考《かんが》える	①できる 2 ふつう 3 がんばろう	知者猫《ちしゃねこ》の正体《しょうたい》を見《み》やぶったのは、よかったぜ。

保護者《ほごしゃ》の方《かた》へ

恋《こい》のへちゃむくれ争奪戦《そうだつせん》にも気《き》づかず、男子《だんし》に胸《むね》キュンさえしないとは、愛《あい》の黒魔女《くろまじょ》の孫《まご》のくせに、どんかんすぎます。ゴールデンウイーク中《ちゅう》の読書《どくしょ》は、恋愛小説《れんあいしょうせつ》にかぎるようにご指導《しどう》ください。

全魔界的美黒魔法《ぜんまかいてきびくろまほう》少女《しょうじょ》コンテストで10年連続《ねんれんぞく》グランプリのギューピッド

〈あの子《こ》たち〉が仕事場《しごとば》にやってきた！

20×10

チョコ（黒鳥千代子《くろとりちよこ》）
３級黒魔女《きゅうくろまじょ》さん。小学《しょうがく》６年生《ねんせい》になりました。

石崎洋司先生《いしざきひろしせんせい》
作家《さっか》。「黒魔女《くろまじょ》さんが通《とお》る!!」などを書《か》いている。

石崎《いしざき》　ようし、書《か》けたぞ！　今回《こんかい》は、第一小《だいいちしょう》のドタバタ話《ばなし》、たのしかったなぁ。さて、おたのしみのおやつタイム！　たしか、マカロンがあったはず……。

岩田《いわた》　ぐすっ、おかしのにおいがする。先生《せんせい》の仕事場《しごとば》、ここじゃないかな、ぐすっ。

小島《こじま》　さすが横綱《よこづな》！　食《く》い物《もの》だけで、さがしあてるとは、やるじゃん！

大谷《おおたに》　先生《せんせい》！　おれたちにも、おやつ、わけてぇ〜。

石崎《いしざき》　うわっ、エロエロトリオが登場《とうじょう》！　っていうか、ショウくんも、与那国《よなぐに》くんも、速水《はやみ》く

麻倉《あさくら》　んまで！　いったい、どうしたっていうの？

先生《せんせい》、今回《こんかい》は、六年《ねん》一組《くみ》の男子《だんし》を、ずいぶんバカにしてくれたようですね。

石崎《いしざき》　げげげっ！　麻倉《あさくら》くん、顔《かお》がめっちゃこわい……。

麻倉《あさくら》　なぜこんな話《はなし》にしたのか、説明《せつめい》してもらおうと思《おも》って、みんなで来《き》たんですよ。

東海寺《とうかいじ》　答《こた》えによっては、不動明王《ふどうみょうおう》の真言《しんごん》を唱《とな》えさせてもらうんで、覚悟《かくご》してくださいね。

ノウマク・サラバタダギャテイビャク……。

石崎《いしざき》　た、たんま！　まだ答《こた》えてないのに、真言《しんごん》を唱《とな》えるのはやめてくれ……。

三条《さんじょう》　**真言《しんごん》を唱《とな》える人《ひと》は、みんな、好《す》きだよ。**

石崎《いしざき》　がくっ。ショウくん、そのせりふ、男子《だんし》にも使《つか》うんだ。って、そんなことより、聞《き》いてよ。べつに、ぼくはみんなをバカにしようなんて思《おも》ってないんだ。そもそも、女子《じょし》が胸《むね》キュンになる男子《だんし》って、どんなのかなぁって、考《かんが》えていたら……。

小島《こじま》　そうだよ、きっかけは与那国《よなぐに》だったんだよな。

岩田《いわた》　マカロンをぼくにもくれれば、こんなことにはならなかったんだよ、ぐすっ。

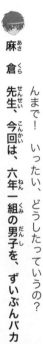

与那国《よなぐに》　**ぼくは、ただ、ネットを検索《けんさく》した結果《けっか》のとおりにしただけだよ。それを、女子《じょし》が勝手《かって》に胸《むね》キュンだっていいだしただけじゃないか。**

速《はや》水《み》　女子《じょし》って、ほんとよくわからないよな。先生《せんせい》、『なぞるだけで女《じょ》子《し》の心理《しんり》がわかる本《ほん》』って、ありません？

石《いし》崎《ざき》　いや、さすがに、そういう本《ほん》はないよ。でも、こうして、男子《だんし》がそろうのもめずらしいから、意見《いけん》を聞《き》きたいな。みんなは、女子《じょし》のどんなところに胸《むね》キュンするわけ？

大《おお》谷《たに》　っていうか、イラッとすることのほうが多《おお》いよな。

小《こ》島《じま》　そうそう！　たとえばさ、**なんでもかんでも、すぐ、「かわいい！」っていうところ。それしか、いえないのかよって思《おも》うよな。**

麻《あさ》倉《くら》　でも、黒鳥《くろとり》は「かわいい。」っていったことないぞ。

東海寺《とうかいじ》　だから、おれは黒鳥《くろとり》には、絶対《ぜったい》イラッとしない。

岩《いわ》田《た》　ぐすっ。女子《じょし》って、すぐにむれるよね。トイレに行《い》くときも、職員室《しょくいんしつ》に用《よう》があるときも、すぐに「つきあって〜。」って。見《み》てるだけで、イラッとするよ、ぐすっ。

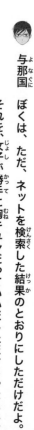

麻《あさ》　倉《くら》　でも、黒鳥《くろとり》は、いつもひとりだし、むれないぞ。

東海寺《とうかいじ》　だから、おれは黒鳥《くろとり》には、ぜったいイラッとしない。

大《おお》　谷《たに》　あとさ、女子《じょし》って、とつぜんおこらないか？　「今日《きょう》はきげんが悪《わる》いの！」って、キレたり、「なにおこってるんだよ？」ってきくと、「おこってない！」っておこったりさ、めっちゃ意味不明《いみふめい》。

麻《あさ》　倉《くら》　でも、黒鳥《くろとり》は……。

石《いし》　崎《ざき》　ストーップ！　麻倉《あさくら》くんと東海寺《とうかいじ》くんのいいたいことは、もうわかってるので、なにもいわないように。それにしても、そんなに女子《じょし》にイラッとすることがあるなんて、びっくりだよ。でもさ、あ、かわいいなって思《おも》うときもあるんじゃない？

速《はや》　水《み》　**おれは、女子《じょし》が、ドジなことをすると、かわいいなって思《おも》うことあるな。**

与那国《よなぐに》　向井《むかい》が、先生《せんせい》をよぶとき、「ねえ、パパ！」って、まちがえてよびかけたときは、ものすごくわらってたし、かわいかった。

大《おお》　谷《たに》　なんでもないところで、ばたんって、ころぶ女子《じょし》も、かわいいよなぁ～。「なんでぇ～。」って、ごまかしわらいをうかべると、もっと、かわいい～。

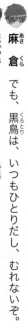

小島《こじま》　そういえばさ、紫苑《しおん》のミニスカートを、うちわであおいでいたとき、あいつの口《くち》のはしっこに、パンの食《た》べかすがくっついてるのを発見《はっけん》したとき、かわいいって思《おも》ったぜ。

岩田《いわた》　完《かん》ぺきなファッションとのギャップがかわいくて、泣《な》けてくるんだよ、ぐすっ。

三条《さんじょう》　でも、かわいいドジ子《こ》という点《てん》では、やっぱり黒鳥《くろとり》さんだね。

麻倉《あさくら》　黒鳥《くろとり》のドジでかわいいところは、おれにいわせろ！

石崎《いしざき》　はいはい。では、麻倉《あさくら》くんも東海寺《とうかいじ》くんも、どうぞ。

麻倉《あさくら》　遅刻《ちこく》ぎりぎりに教室《きょうしつ》に飛《と》びこんできたとき、うしろ髪《がみ》に寝《ね》ぐせがついてる！

東海寺《とうかいじ》　遅刻《ちこく》ぎりぎりに教室《きょうしつ》に飛《と》びこんできたとき、外《そと》ばきのままのことがある！

麻倉《あさくら》　ふで箱《ばこ》のかわりに、テレビのリモコンをもってきたことがある！

東海寺《とうかいじ》　一学期《がっき》に最低《さいてい》一回《かい》は、ランドセルを背負《せお》わずに登校《とうこう》してくる！

石崎《いしざき》　うわ、なんだか、ドジがどんどんひどくなるね……。

小島《こじま》　つまり、ドジでほうっておけないなって思《おも》う女子《じょし》には、胸《むね》キュンってことだよな。

一路《いちろ》　**ええ、ええ、どうせ、わたしは完《かん》ぺきすぎて、キュンとしませんよっ。**

石崎《いしざき》　舞《まい》ちゃん！　あ、チョコちゃんに百合《ゆり》ちゃん、メグもいるね。

チョコ　先生《せんせい》が新刊《しんかん》を書《か》きおえたって聞《き》いたんで、みんなで遊《あそ》びにいこうってことになったんです。でも、ドアの外《そと》で、いまの話《はなし》を聞《き》いてしまって……。

石崎《いしざき》　あちゃあ。それで、舞《まい》ちゃん、おこってるんだ。

一路《いちろ》　おこってません！

春野《はるの》　今日《きょう》はきげんが悪《わる》いの！

石崎《いしざき》　**で、出《で》た、男子《だんし》がイラッとするやつ……。**

メグ　でも、あたしぐらいかわいいとぉ、完《かん》ぺき少女《しょうじょ》も、人気者《にんきもの》になっちゃうのよねぇ。

チョコ　いや、メグはドジ子《こ》だって、エロエースがいってましたけど。

一路《いちろ》　百合《ゆり》！　帰《かえ》りましょ！　これから、なんでもないところで、ころぶ練習《れんしゅう》よ！

春野《はるの》　寝《ね》ぐせと、口《くち》のはしっこに食《た》べかすをつけたままにする練習《れんしゅう》もしなくちゃ！

石崎《いしざき》　ありゃりゃ。こんどは、女子《じょし》が男子《だんし》に胸《むね》キュンアピールだね。

チョコ　もう、あたしには意味不明《いみふめい》なことばかり。読者《どくしゃ》のみなさんは、どうなんだろ？　どうか、感想《かんそう》をたくさん聞《き》かせてくださいね！

石崎《いしざき》　そして、つぎの巻《かん》もお楽《たの》しみに！

鈴風《すずかぜ》さやかちゃんの胸《むね》キュンポイントは「マグロの解体《かいたい》ショー」!?

今回初登場《こんかいはつとうじょう》の読者《どくしゃ》キャラ&《アンド》魔法《まほう》

『黒魔女《くろまじょ》さんが通《とお》る!!』シリーズには、読者《どくしゃ》のアイデアから生《う》まれたキャラクター（読者《どくしゃ》キャラ）や魔法《まほう》（読者魔法《どくしゃまほう》）、魔界《まかい》グッズが登場《とうじょう》、大活躍《だいかつやく》しています。

青《あお》い鳥文庫《とりぶんこ》のサイトのなかにある、「黒魔女《くろまじょ》さんが通《とお》る!!」のページで、あなたのアイデアを応募《おうぼ》してね。

青《あお》い鳥文庫《とりぶんこ》のサイトでまってます！

http://aoitori.kodansha.co.jp/　　青い鳥文庫　検索

魔界《まかい》キャラ

● **魔婆子《まさこ》**
提案者／越前美桜

● **知者猫《ちしゃねこ》**
提案者／中村真央

黒魔女《くろまじょ》めあて

● 魔法《まほう》の持《も》ちぐされ
（宝《たから》の持《も》ちぐされ）
提案者／上山萌花

● 類《るい》は悪魔《あくま》をよぶ
（類《るい》は友《とも》をよぶ）
提案者／横山雪子

● あまりものには呪《のろ》いがある
（あまりものには福《ふく》がある）
提案者／田中真穂

魔界《まかい》グッズ

●イモートコントローラー
提案者／小柳津虹太

●プリティー
提案者／王怜雅

●オカルトカレー
提案者／田中菜々

●餡栗《あんぐり》（アングリー）
提案者／下迫千晴

●おしゃべり昆布《こんぶ》
提案者／工藤璃子

●せいトング
提案者／中島雪乃

●回想《かいそう》バス
提案者／百合藤ひふみ

●いいなりずし
提案者／幸野恵実

●あやま蘭《らん》（あやまラン）
提案者／川坂優奈

みなさん、ありがとうございました！

＊著者紹介

石崎洋司《いしざきひろし》

3月21日東京都生まれ。ぎりぎりで魚座のA型。慶応大学経済学部卒業後、出版社に勤める。『世界の果ての魔女学校』（講談社）で野間児童文芸賞、日本児童文芸家協会賞受賞。手がけた作品に「黒魔女さんが通る!!」シリーズ（講談社青い鳥文庫)、「マジカル少女レイナ」シリーズ（フォア文庫)、翻訳の仕事に『クロックワークスリー』（講談社)、「少年弁護士セオの事件簿」シリーズ（岩崎書店）などがある。

＊画家紹介

藤田《ふじた》　香《かおり》

関西出身。1月生まれの水瓶座B型。書籍、雑誌の挿絵や、ゲームのキャラクター画などで活躍中。挿絵の仕事に、「黒魔女さんが通る!!」シリーズ、『リトルプリンセス―小公女―』、「若草物語」シリーズ、『聖書物語』（旧約編・新約編）（以上、講談社青い鳥文庫）ほか。画集に『Fs5藤田香アートワークス』（エンターブレイン）がある。

この作品は書き下ろしです。

講談社　青い鳥文庫　　217-37

6年《ねん》1組《くみ》　黒魔女《くろまじょ》さんが通《とお》る!!
02家庭訪問《かていほうもん》で大《だい》ピンチ!?
石崎洋司《いしざきひろし》

2017年1月15日　第1刷発行

(定価はカバーに表示してあります。)
発行者　清水保雅
発行所　株式会社講談社
東京都文京区音羽2-12-21　郵便番号112-8001
電話　編集 (03) 5395-3536
販売 (03) 5395-3625
業務 (03) 5395-3615

N.D.C.913　250p　18cm
装　丁　久住和代
印　刷　図書印刷株式会社
製　本　図書印刷株式会社
本文データ制作　講談社デジタル製作

Printed in Japan
(落丁本・乱丁本は、購入書店名を明記のうえ、小社業務あてにお送りください。送料小社負担にておとりかえします。)
■この本についてのお問い合わせは、青い鳥文庫編集まで、ご連絡ください。

ISBN978-4-06-285603-4

ギューピッド

わかるまで親身におしえるがモットーの黒魔女インストラクター。

チョコ（黒鳥千代子）

友だちなんていらない、オカルトの本を読んでいるときが楽しいという変わった小学5年生。キューピットさまを呼びだすつもりが、花粉症で、ギュービッドさまを呼びだしてしまう。

はじめのお話も読めちゃいます。

人間界＆魔界のみんなのプロフを集めたよ！

石崎洋司先生のアドバイスがいっぱい！

アニメ DVD 付き
黒魔女さんが通る !!

ほとんど全員集合！
「黒魔女さんが通る !!」
キャラブック

チョコといっしょに
作家修行！
黒魔女さんの
小説教室

黒魔女さんでいちばん人気！
桃花・ブロッサムの魔女学校時代のお話

魔女学校物語

　あこがれの王立魔女学校から、推薦入学のお知らせをもらった桃花・ブロッサム。いさんで入学式にむかったけれど⁉
　黒魔法なんて常識で使えるお嬢様育ちの同級生たち、きびしい先生方に問題だらけのルームメイト、そしていうことをきかない後輩たち。桃花の魔女学校生活は、前途多難！

マガズキン
桃花のルームメイト。マガスキー男爵の娘で、作家をめざしている。

テイアー
桃花のルームメイト。黒魔女しつけ協会のグラシュティグ会長の娘で、おっとりしたお嬢様。

桃花・ブロッサム
王立魔女学校の生徒。まじめだけれど、ちょっぴりキレやすい。

型破りなギューバッドと、
優等生メリュジーヌの自分探しの旅。

黒魔女の騎士ギューバッド

（全３巻）

その下品さ、乱暴さ、なまけもので、人の話を聞かない態度——あなたさまこそ、わたしたちが探しもとめていたニーニョ・ネグロさま。

伝説の黒魔導師につかまり、悪霊の国へさらわれたギューバッドとメリュジーヌ。二人は無事、火の国の魔女学校へもどってこられるか!?

友情、裏切り、戦い、そして——最後まで、ページをめくる手がとまらない！

ギューバッド
メリュジーヌの親友。王立魔女学校一のおさわがせ黒魔女で、ギュービッドの大おばさん。

メリュジーヌ
王立魔女学校一の優等生。毎週土曜日には、ヘビの姿にもどってしまう魔妖精。

「講談社《こうだんしゃ》 青《あお》い鳥文庫《とりぶんこ》」刊行《かんこう》のことば

太陽《たいよう》と水《みず》と土《つち》のめぐみをうけて、葉《は》をしげらせ、花《はな》をさかせ、実《み》をむすんでいる森《もり》。小《こ》鳥《とり》や、けものや、こん虫《ちゅう》たちが、春《はる》・夏《なつ》・秋《あき》・冬《ふゆ》の生活《せいかつ》のリズムに合《あ》わせてくらしている森《もり》。森《もり》には、かぎりない自然《しぜん》の力《ちから》と、いのちのかがやきがあります。

本《ほん》の世界《せかい》も森《もり》と同《おな》じです。そこには、人間《にんげん》の理想《りそう》や知恵《ちえ》、夢《ゆめ》や楽《たの》しさがいっぱいつまっています。

本《ほん》の森《もり》をおとずれると、チルチルとミチルが「青《あお》い鳥《とり》」を追《お》い求《もと》めた旅《たび》で、さまざまな体験《たいけん》を得《え》たように、みなさんも思《おも》いがけないすばらしい世界《せかい》にめぐりあえて、心《こころ》をゆたかにするにちがいありません。

「講談社《こうだんしゃ》 青《あお》い鳥文庫《とりぶんこ》」は、七十年《ねん》の歴史《れきし》を持《も》つ講談社《こうだんしゃ》が、一人《ひとり》でも多《おお》くの人《ひと》のために、すぐれた作品《さくひん》をよりすぐり、安《やす》い定価《ていか》でおおくりする本《ほん》の森《もり》です。その一さつ一さつが、みなさんにとって、青《あお》い鳥《とり》であることをいのって出版《しゅっぱん》していきます。この森《もり》が美《うつく》しいみどりの葉《は》をしげらせ、あざやかな花《はな》を開《ひら》き、明日《あす》をになうみなさんの心《こころ》のふるさととして、大《おお》きく育《そだ》つよう、応援《おうえん》を願《ねが》っています。

昭和《しょうわ》五十五年《ねん》十一月《がつ》

講　談　社